LÉGITIME VIOLENCE

MARC DUGAIN

LÉGITIME VIOLENCE

roman

ALBIN MICHEL / LE CHERCHE MIDI

Ouvrage publié sous la direction
d'Alexandre Wickham et d'Emmanuelle Dugain

1.

Une neige molle descendait légèrement avant de s'évanouir sur les chemins boueux. Pourtant, novembre débutait à peine, recouvrant les couleurs d'automne d'un voile crépusculaire. On approchait de la Toussaint, et ceux qui partageaient le carrosse avec Jean-Baptiste Briancourt en avaient la mine attristée, une jeune fille mise à part, qui souriait à qui voulait bien la regarder. Briancourt pensait qu'elle aurait pu être jolie si son air n'était pas troublé par une niaiserie dont elle peinait à se départir. Mais elle n'en était pas moins désirable, se dit-il en admirant ses dents saines qui lui donnaient un sourire immaculé. Lui-même avait un visage expressif, assez agréablement tourné pour susciter l'intérêt au premier abord. Briancourt prit son temps pour détailler sa voisine alors que les quatre chevaux s'escrimaient à monter une côte qui succédait à une longue route plate.

Dans la voiture, chacun se haussait du col pour se donner une importance comparable à la destination commune. Parce que tous voyageaient de Paris à

Fontainebleau où se tenait la cour du roi, en attendant que Versailles, gigantesque construction qui faisait vivre et mourir des milliers d'ouvriers, fût achevé. Aller au château de Fontainebleau, c'était se rapprocher de l'astre. Et on savait que si la cour attirait les ambitions les plus folles, on pouvait tout aussi bien s'y brûler, comme l'insecte qui se frotte à la lanterne. Briancourt goûtait ces instants qui précèdent de furtifs moments de gloire qu'un jeune homme comme lui, issu d'une petite noblesse besogneuse, pouvait espérer raconter jusqu'à la fin de son existence.

L'enthousiasme l'emportait sur l'appréhension de sa rencontre avec la famille des enfants dont il allait devenir le précepteur. Il était envoyé auprès d'elle par monsieur Dreux d'Aubray, le grand-père, qui occupait la charge de prévôt de Paris et lui avait signifié sèchement, lors d'un court entretien au Châtelet, qu'il était désormais à sa seule solde. Cela impliquait, outre l'éducation de ses petits-enfants livrés jusqu'ici, selon lui, à l'abandon, la mission d'espionner discrètement sa fille et son mari, monsieur et madame Gobelin de Brinvilliers.

Cette famille n'appartenait en rien à la grande noblesse de cour, plus prestigieuse par sa naissance. Une de leurs parentes, la comtesse de Vernes, était logée au château pour servir la reine, et elle profitait de l'appartement qui lui était attribué pour les inviter. Une occasion unique pour eux d'apercevoir le roi.

Louis XIV s'attachait à donner à son règne un lustre sans précédent, dont chacun se plaisait à partager la gloire. Sa popularité était alors à son apogée auprès de la petite noblesse et de la bourgeoisie possédante, où il recrutait ardemment, avec l'idée d'éloigner la grande noblesse des responsabilités. Il avait de celle-ci le souvenir des années de Fronde, ce soulèvement des puissants contre l'autorité royale qui l'avait obligé, enfant, à errer de château en château comme un proscrit. Cette haute noblesse ne s'était pas privée non plus de questionner sa légitimité.

Pendant plus de deux décennies, le couple royal de ses parents n'avait pas été capable d'enfanter ; et voilà qu'à la quarantaine passée, la reine avait donné deux fils à la France. Chacun savait pourtant que le roi Louis XIII, outre qu'il était affaibli par la maladie, n'avait pour les femmes aucune inclination particulière. Certitude à ajouter aux insinuations savamment distillées sur son appétit pour les hommes, le tout recouvert du voile pudique de la foi et de la dévotion. On ne se privait donc pas de chuchoter que, dans l'urgence, le cardinal de Mazarin aurait fourni à la reine un amant convenable, susceptible de l'aider à mettre fin à l'insoutenable attente de la succession.

Briancourt avait proposé à monsieur d'Aubray de ne prendre ses fonctions qu'au retour de la famille Gobelin à Paris. Mais le vieux prévôt n'avait rien voulu entendre. Il souhaitait savoir ce qui se tramait dans l'appartement de sa cousine qui s'était mise en quatre, malgré l'étroitesse de son logement, pour recevoir la famille au complet, à laquelle s'ajoutait un ami qui lui était attaché. Or cet ami était le sujet d'inquiétude de monsieur d'Aubray. Il désirait tout connaître de lui, de ses manigances et de ses projets.

Cumuler les fonctions de précepteur d'enfants et d'informateur au service du prévôt de Paris, c'était bien assez pour donner au jeune Briancourt une conscience aiguë de son importance. Mais là n'était pas son caractère. Il avait plutôt celui d'un provincial effacé qu'un bégaiement tenace forçait à la réserve, pour ne pas dire à l'humilité, et dans ce siècle où l'on usait des mots pour asseoir son pouvoir, il ne lui restait plus qu'à faire passer cette faiblesse pour de la sagesse précoce. Aussi parlait-il très peu.

Il restait encore une bonne heure de route et des conversations s'étaient liées à mesure que l'inquiétude montait. La jeune fille s'adressa à Briancourt sans qu'il lui ait posé la moindre question, l'informant spontanément qu'elle avait été recrutée au Marché neuf, où se tenait l'embauche des gens de maison, pour servir, dans son appartement, une dame d'atour de la reine, dont elle prononça le nom comme elle l'aurait fait d'un trophée. Parmi les passagers figurait aussi un médecin qui venait apporter un remède contre la goutte au valet d'un précieux courtisan : un sel de cloporte et de ver de terre qu'il avait lui-même concocté et qui lui valait une fière réputation auprès des apothicaires de la capitale. On lui en demandait plus qu'il ne pouvait en produire car il se refusait pour des raisons compréhensibles à en dévoiler toute la composition et les dosages. Emporté par ses révélations, il déclara qu'il jouait gros parce que le prince de sang auquel était destiné le breuvage souffrait au point de ne plus pouvoir danser, et le médecin de la Faculté à son service désespérait de le soulager. Un silence succéda à ce récit, et on en vint à un homme de petite taille qui se tenait serré près de la portière. Il n'avait honoré la compagnie ni d'un mot ni d'un regard, ayant passé tout le voyage à regarder les boucles de ses chaussures, aussi ternes que lui. Il consentit à lâcher qu'il était avoué et qu'il venait au château pour affaires, sans se donner la peine d'en préciser la nature. Chacun savait que les nobles au service des princes de sang ne vivaient plus de leur charge et prenaient sur leur temps libre pour s'initier ou se joindre à des occupations financières qui, en d'autres temps, leur auraient paru indignes. Le spectacle de plus en plus répandu de bourgeois dont le train de vie les surpassait avait convaincu les gens bien nés que certaines spéculations valaient mieux que le revenu fixe de leurs privilèges.

Les charges, le roi les multipliait à l'infini dans le but de renflouer le trésor public qu'il ponctionnait pour financer sa folie des bâtiments. Ceux qui les achetaient percevaient en retour, pour leur propre bénéfice, une partie de l'argent qu'ils collectaient pour le roi, avec d'autant plus de zèle qu'il leur fallait non seulement se rembourser du prix de leur investissement mais vivre grand train sur ces revenus. La multiplication des charges avait conduit à un maillage bureaucratique sans précédent qui permettait à l'État et à ses riches complices d'imposer le peuple sur chacune de ses dépenses, qu'elles fussent pour se nourrir, se loger ou toute autre activité. Les charges ouvraient aussi le champ à de gigantesques spéculations au sein desquelles la vieille noblesse le disputait à la grande bourgeoisie, qui en profitait pour se faire anoblir. Même dépourvus de titres, ces bourgeois attiraient la convoitise de la noblesse appauvrie par la baisse du prix des terres, et épouser une fille de ces opportunistes besogneux permettait de redorer bien des blasons.

On se tut quand le château de Fontainebleau apparut dans l'horizon troublé par l'humidité qui remontait des sols.

Seul un des passagers était déjà venu à la cour, et une fois la voiture arrivée à destination, il fut bien utile pour indiquer aux autres comment s'orienter dans cette enfilade de bâtiments dont une majeure partie était réservée aux grands du royaume. Il fallait, pour le particulier, se faufiler dans un dédale de couloirs vides qui conduisaient, par un escalier, sombre en ce début de soirée, aux appartements des centaines de personnes qui officiaient à la cour.

Plus on montait, plus il faisait froid, et plus la splendeur s'évanouissait, ramenant le visiteur à une réalité toute différente des fastes qu'il avait pu apercevoir au détour d'une porte ou d'une vitre. Mais le froid avait l'avantage d'atténuer l'odeur lancinante laissée par ceux qui, profitant d'un recoin ou de l'illusion d'une fosse d'aisances, s'étaient soulagés en toute quiétude.

2.

Briancourt avait marché une bonne demi-heure dans les couloirs du château, avant d'atteindre une porte qui ne se distinguait des dizaines d'autres que par le nom de la personne qui y était inscrit.

Impressionné, il l'était assurément. Et tout autant intrigué. Il frappa doucement, craignant de se montrer indiscret. Mais comme personne ne venait, il redoubla d'efforts. Une servante d'à peine quinze ans lui ouvrit timidement, laissant voir une antichambre minuscule où elle le fit attendre le temps de l'annoncer. La pièce mansardée sentait la vieillerie. Mais bientôt, comme la servante revenait pour le chercher, des effluves de cuisine couvrirent l'odeur de salpêtre et de poussière. Ils passèrent par un salon de petite taille, meublé autour d'une cheminée contre laquelle on avait entassé des bûches de chêne. Elle fumait en dehors de l'âtre au point de rendre la pièce incommodante, mais personne ne semblait y prêter attention. La porte s'ouvrit ensuite sur une salle à manger où étaient assemblés plus de convives qu'elle ne pouvait raisonnablement en accueillir. Comme ceux-ci se tenaient assez près des murs, cela rendait le passage difficile pour le valet chargé de les servir. Briancourt ne vit d'abord que la comtesse de Vernes, qui posa son verre et déglutit bruyamment. Les autres s'interrompirent, et elle pencha la tête de côté pour marquer sa surprise :

– Eh bien, que vient faire pareil jeune homme à une heure aussi tardive ?

Sans laisser à Briancourt le temps de répondre, une femme encore dans la fleur de l'âge, aux yeux particulièrement pétillants, jugea bon d'intervenir :

– Oh ma chère ! Je suis tellement désolée. J'ai omis de vous prévenir. C'est un cadeau de mon père.

– Pour moi ?

– Non, pardon. Mon père nous offre un précepteur pour les enfants et comme Fontainebleau était sur son chemin…

Briancourt remarqua le regard amusé des autres convives sur lui. Madame de Vernes semblait embarrassée.

– J'ai bien de quoi vous nourrir, jeune homme, mais pour la nuit, il faudra vous satisfaire de dormir assis dans un cabriolet, dans l'antichambre qui ouvre sur les chambres à coucher.

Il fut ensuite conduit par le valet aux cuisines où on l'installa à table pour s'y restaurer.

Si Briancourt n'était pas apparu, cela n'aurait pas changé grand-chose. La conversation reprit là où elle s'était interrompue.

– Le décès de madame de Pontafieu me laisse espérer de me voir attribuer un appartement plus grand, qui serait plus en rapport avec ma charge auprès de la reine. Mais il va falloir se battre pour l'emporter, les places sont chères.

Un des invités qui, après avoir regardé Briancourt avec insistance, était retombé dans des songes qui semblaient l'emporter vers des contrées lointaines, eut l'extrême politesse de répondre dans l'instant :

– Nous sommes déjà bienheureux que vous nous ayez invités pour voir le roi, ma chère cousine.

– La prochaine fois, j'aurai plus d'espace et vous pourrez rester plus longtemps. Demain, il vous faudra être prêts à neuf heures. Je vous donnerai toutes les consignes au réveil. La plus importante certainement : évitez de trop vous parfumer, ces essences incommodent Sa Majesté et, si tant est que vous puissiez l'approcher, cela suffirait à l'éloigner. Si vous craignez pour votre odeur, la servante peut vous conduire à une étuve où il fait bon se tremper. Personnellement, je m'y rends une fois la semaine. Certains disent que c'est trop mais je n'y vois que des avantages.

Il n'était pas dans l'habitude de ce genre de personne de la cour de discourir sur des sujets trop longs, au risque de provoquer l'ennui ; il était plutôt d'usage d'avoir dans la conversation l'attitude du merle qui saute d'un côté puis de l'autre, son bec jaune toujours en l'air.

La comtesse s'adressa aussitôt à la jeune marquise de Brinvilliers qui se tenait en face d'elle :

– Comment va votre père ? On le dit très occupé à Paris, où le désordre est à son comble. Sa Majesté a bien fait de venir s'établir à l'écart de ce bouillonnement malodorant. C'est une ville qui mijote, toujours prête à déborder.

Gobelin, sans attendre que sa femme fît une réponse, sortit de nouveau précipitamment de ses pensées :

– C'est qu'il s'y trouve assemblés dans une trop grande promiscuité gens de qualité et personnes vulgaires de toute nature, dont les plus dangereuses.

Gobelin avait le charme des individus qui ont le courage de ne pas prendre la vie pour plus qu'elle ne vaut, sans jamais paraître complètement désabusés, comme si une lueur veillait sur leur enthousiasme. Rien de saillant ne sortait de sa physionomie dont les traits, la quarantaine passée, s'affaissaient doucement. Il parlait d'une voix posée, sans affectation, qui invitait à l'écouter, d'autant qu'il n'abusait jamais de se faire entendre. Son ami Sainte-Croix était tout autre, son visage n'avait jamais d'expression définitive, mais, dans tous les cas, il s'imposait comme une menace. La violence des gens de guerre, dont il avait été encore récemment, exsudait de tout son être, d'autant qu'il ne faisait aucun effort de toilette pour dissimuler sa nature profonde. Sa brutalité, partiellement enfouie dans ses manières, suscitait la méfiance, et rares étaient ceux qui étaient assez courageux pour le contredire dans ses opinions, toujours tranchées et exprimées avec une économie de mots étonnante pour l'époque, car on voyait bien qu'il ne prenait aucun plaisir à jouer de la langue et de ses subtilités. Une belle et longue chevelure brune le dispensait de porter une perruque, qui se serait de toute façon mal accordée avec son visage aussi dur que bien dessiné. Il lâcha :

– Mais Paris ne manque ni de charme ni d'attrait. En revanche, ce palais semble avoir comme première qualité de transformer de nobles esprits en fruits confits. N'est-ce pas ?

Madame de Vernes s'en serait voulu de paraître offusquée, aussi accompagna-t-elle sa réponse d'un petit rire :

– Comment peut-on dire une chose pareille ? Jamais nous n'avons eu si grand roi et vous n'êtes pas le dernier à vouloir échapper aux miasmes parisiens pour vous enivrer des parfums de la cour.

Puis, se tournant vers madame de Brinvilliers :

– Alors, dites-moi, votre père ?

La marquise semblait, comme son mari, incapable de concentrer son attention. Ce n'étaient pas les songes qui l'emportaient ailleurs mais une sorte de fourmillement intérieur qu'elle parvenait difficilement à contenir et qui rendait sa beauté insaisissable, autant que son caractère. Il y avait en elle quelque chose de tragique mais il fallait une grande perspicacité pour s'en apercevoir tant elle était maîtresse dans l'art de donner le change. D'une humeur à l'autre, elle était une personne différente, passant brutalement de l'entrain à la mélancolie, de la joie à l'abattement ou inversement. Elle répondit en faisant mine de s'intéresser à la question :

– Sa charge de prévôt de Paris l'occupe beaucoup.

Et alors que personne ne s'y attendait, elle ajouta :

– Mais pas assez pour qu'il ne se passionne pas pour la vie que nous menons, mon mari et moi, comme s'il éprouvait le besoin d'exercer sur notre famille une sorte de tutelle…

– Pure bienveillance, j'en suis certaine, interrompit la comtesse.

– J'en doute, voyez-vous. J'y perçois plutôt l'ingérence d'un père dans les affaires de sa fille unique, comportement qu'il ne s'autorise nullement avec ses deux fils.

– Un veuf cherche toujours à se rapprocher de sa fille, rétorqua madame de Vernes qui tentait désespérément de défendre son cousin.

La marquise coupa net :

– Je crois plutôt, madame, qu'il souffre de ce manque de confiance dans les femmes qui fait penser aux hommes que, même mariées, leurs filles ne peuvent que déchoir. Il est convaincu, comme tant d'autres, que notre sexe est le talon d'Achille de l'espèce humaine et l'explication de tous ses malheurs.

– Il faut le comprendre, ma chère. J'imagine qu'il vous a généreusement dotée pour vous marier à monsieur Gobelin et qu'il attend que cet argent soit placé au mieux par votre couple pour assurer votre prospérité. Il n'a pas eu pour vos frères besoin de faire pareil investissement.

Le regard de la marquise se fit sombre, comme si un épais nuage était descendu sur elle.

– Je vous aime assez, madame, pour vous dire ce que je crois être vrai. Des seize enfants que ma défunte mère a mis au monde, il n'en est resté que trois. Mais il a fallu que cette mère meure à son tour pour que je puisse vivre, et mon père m'a toujours vue comme celle qui avait précipité dans les ténèbres la femme qu'il aimait. Bien que le mariage de mes parents fût arrangé, il en résulta un amour dont mon père me fait payer la perte chaque jour, alors que je ne suis responsable que d'être née. Désigner un bouc émissaire pour lui faire endosser le poids de la providence, c'est bien humain, n'est-ce pas ?

Soudainement devenue grave, la conversation méritait qu'on y mette fin, ce que fit l'hôtesse des lieux avec toute la délicatesse que son éducation lui prescrivait. Même si les hommes attablés n'étaient pas ordinaires, leur faire subir des réflexions un peu profondes pouvait, à la longue, les lasser. Il fut ainsi décidé qu'il était temps de prendre une liqueur avant de sombrer dans un sommeil qui conclurait cette journée d'une oisiveté parfaite. Les invités s'étaient en effet contentés de déambuler dans certaines parties du château et des jardins, sans jamais se mêler à la haute aristocratie dont les bastions étaient impénétrables pour des gens issus de la petite noblesse comme Gobelin et Sainte-Croix, bien qu'en des temps pas si lointains, ceux-ci aient su mettre leur vie au service de la couronne. Les deux hommes soupirèrent chacun à leur tour pour acquiescer.

Briancourt avait, lui, soupé des restes d'un poulet et d'un verre de vin, adossé au feu d'une petite cheminée dans la cuisine où œuvrait une dame aussi imposante que bavarde, trop heureuse de trouver un interlocuteur qui ne répondait jamais rien. Pour autant, Briancourt, gentilhomme, ne répugnait pas à écouter cette femme du peuple dont il apprit sans le vouloir qu'elle venait d'un village du Bourbonnais, près de la forêt de Tronçais – massif forestier choisi par monsieur Colbert pour y planter la plus grande chênaie d'Europe, et dont les arbres majestueux seraient trempés et durcis plus tard dans la rivière afin de fournir le bois le plus solide aux ingénieurs navals pour les mâts des bateaux de Sa Majesté. Dans les milieux d'affaires, il se disait que monsieur Colbert faisait beaucoup d'efforts pour sortir la France de son pourrissement par la rente, mais tout cela n'était venu aux oreilles ni de la cuisinière ni de

Briancourt, qui avait mangé de bon appétit. Le roquet de la comtesse l'avait fixé tout le repas dans l'espoir d'une aumône sans obtenir satisfaction.

Pendant que la vieille dame, ses maîtres et leur ami s'appliquaient à s'étourdir d'alcool avant d'aller se coucher, Briancourt fut conduit à sa couche par la jeune servante qui l'installa comme convenu, tout habillé, dans un cabriolet posé au carrefour des corridors menant vers les chambres, dans un renfoncement sombre et discret. Avec sa couverture remontée jusqu'au col, recroquevillé dans l'ombre, on le voyait à peine.

Madame de Vernes fut la première à prendre congé de ses hôtes, précédée de la servante qui devait l'aider à se déshabiller, et gagna sa chambre au fond du couloir. La marquise rejoignit la sienne dont la porte s'ouvrait tout près de la couche improvisée du jeune précepteur. L'apercevant sous sa couverture, elle n'eut pas un mot pour lui. Mais Briancourt entrevit son visage d'une beauté changeante, bien que toujours remarquable, et le fixa au fond de sa mémoire comme on le ferait d'une icône. Le marquis rejoignit la chambre contiguë à celle de sa femme peu après, d'un pas lourd et lent. L'ami du couple, le capitaine de Sainte-Croix, était certainement logé, lui, de l'autre côté de la cuisine, dans l'ultime pièce réservée aux gens de qualité.

Une chouette hulula dans la nuit épaisse qui renvoyait, à travers une lucarne, un trait de lumière lunaire échoué sur le visage du jeune homme. Il cherchait le sommeil sans le trouver, probablement troublé de l'inconfort de ces lieux qu'il découvrait bien différents de la cour des grands, laquelle trônait dans tous les rêves comme l'accomplissement suprême, le moyen de s'extraire de la vie ordinaire infligée à tant de particuliers. Il luttait contre la déception, les yeux grands ouverts et le bout des pieds un peu froid parce que la chaleur des cheminées qui faiblissait ne parvenait plus jusqu'à ses extrémités. Quand le silence s'imposa finalement, il se sentit bien seul, éveillé, empêché de tout mouvement par la configuration des pièces, et de plus en plus engourdi.

C'est alors qu'il entendit des pas et qu'il aperçut la lueur d'une bougie dont les mouvements facétieux laissaient voir un visage qui se rapprochait de lui. Il reconnut les traits inquiétants de Sainte-Croix. Celui-ci s'arrêta devant son cabriolet, examina la poignée de la porte du marquis puis celle de la marquise qui, en s'éclairant, révéla à Briancourt la présence d'un pompon enroulé. Ce fut probablement cet objet disposé là par la marquise qui décida le capitaine à tourner la poignée et à entrer dans la chambre sans avoir dit un mot au jeune homme, qu'il laissa à sa stupéfaction. Puis le silence retomba un moment avant d'être rompu de nouveau par des gémissements qui, de faibles, s'amplifièrent jusqu'à faire trembler la cloison de l'antichambre. Briancourt, sans plus bouger, fut pris d'effroi devant tant de bouleversement dans l'ordre des choses. La marquise se laissait aller sans retenue à la jouissance et ces bruits étaient aussi nouveaux pour le précepteur que les circonstances dans lesquelles ils lui parvenaient. Il aurait voulu disparaître à l'idée que d'autres puissent entendre la même chose que lui quand, soudain, la porte de la chambre du marquis s'ouvrit. Tétanisé, le jeune homme remonta la couverture au-dessus de ses yeux, mais le marquis se dirigea résolument vers lui sa bougie à la main. Il était alors impossible qu'il ne perçoive pas les gémissements de plaisir de sa femme qui atteignirent, précisément à ce moment-là, un sommet dans l'extase. Tout redevint calme brutalement et dans la torpeur revenue, Briancourt entendit le marquis lui dire, penché sur lui :

– Me feriez-vous la grâce de me porter un peu d'eau, mon ami ? Je meurs de soif.

3.

Voir le roi n'était pas un évènement qu'on prenait à la légère. Même si elle allait en parler toute sa vie dans les dîners, cela ne se produisait qu'une fois par vie pour cette noblesse qui n'avait guère les moyens de l'approcher plus souvent. Madame de Vernes, qui se sentait comptable de la promesse du spectacle, était dans tous ses états et vérifiait chaque détail. Elle veillait notamment à ce qu'aucun de ses invités ne contrevienne aux ordonnances du roi en matière vestimentaire, à commencer par cet édit qui interdisait d'utiliser l'or, l'argent et les broderies dans les toilettes masculines, car Sa Majesté se faisait fort non seulement d'influencer la mode mais aussi de défendre certaines industries qui y concouraient. Il pouvait en coûter jusqu'à cinq cents livres d'amende d'enfreindre la loi. Madame de Vernes était d'autant plus attentive à ce que ses hôtes la respectent que la marquise était la fille du prévôt de Paris, dont la réputation d'intransigeance n'était plus à faire.

Aussi passait-elle d'une pièce à l'autre pour examiner l'habillement de chacun.

Madame de Brinvilliers avait choisi d'offrir à la vue de tous un large décolleté, exposant une poitrine qui n'était pas son moindre atout. Ce genre d'échancrure, décriée par les dévots dans des pamphlets célèbres, était loin d'incommoder le roi qui ne rechignait pas à s'y reposer les yeux. Il était bien plus tatillon avec les hommes, qui passaient, de fait, plus de temps à se vêtir et à se perruquer que les femmes. Si par malheur quelqu'un s'avisait, par sa mise, de détourner l'attention de l'astre, cela risquait de lui valoir de lourdes conséquences. Ni Gobelin ni Sainte-Croix n'en étaient là. Les deux frères d'armes portaient un intérêt plus modéré que leurs contemporains aux apparences et n'avaient ni l'un ni l'autre les moyens de se soumettre à cette dictature du paraître. Il en aurait sans doute été autrement si leur fortune, celle de Gobelin en particulier, ne s'évanouissait pas dans des débauches quasi hebdomadaires.

Cet argent venant essentiellement de la dot de la marquise, le prévôt s'inquiétait de sa fonte qui, pire que tout, était désormais de notoriété publique. Il se disait que Gobelin pourvoyait assez largement aux nécessités de son ami Sainte-Croix, lequel disposait de peu de ressources par lui-même, et vivait d'expédients, seul avec son valet recruté dans les bas-fonds de la capitale. La proximité du couple formé par sa fille et son gendre avec cet aventurier ne cessait d'inquiéter le prévôt. Il s'était payé avec le précepteur un espion dont il espérait des rapports précis.

Briancourt vint justement s'enquérir auprès de Gobelin s'il devait commencer la classe pour les enfants dès ce jour. Il ne les avait pas encore vus parce qu'ils étaient logés dans une soupente avec la servante du couple.

– Laissons cela, s'il vous plaît, à notre retour à Paris. Nul ne leur enseigne depuis plusieurs mois, ils peuvent bien attendre un jour de plus.

Gobelin posa sur le jeune homme un regard qui ne disait rien de sa motivation, avant de lâcher :

– Il me semble, mon cher, que vous n'êtes pas vêtu pour paraître devant le roi. À vous voir, il pourrait se croire perdu au fond d'une province obscure, face à un huissier qui vient lui demander de l'argent.

Comme il sentit Briancourt gêné, il ajouta :

– Sachez que je suis tout prêt à imaginer que derrière ces frusques élimées se profile un corps dont l'harmonie pourrait rendre jaloux bien des courtisans. Mais vous n'êtes pas disposé à vous montrer nu, n'est-ce pas ?

Puis fixant le jeune homme terriblement embarrassé, il poursuivit à voix basse, en amorçant un sourire :

– J'échangerais bien de vous contempler dans le plus simple appareil contre le privilège de voir le roi habillé.

Cela dit, il se dressa devant lui, le toisant si près que Briancourt en fut plus confus encore.

– Vous allez faire l'objet d'une âpre compétition entre ma femme et moi, je préfère vous en avertir. Et vous ne pourrez vous en prendre qu'à la providence qui non seulement vous a généreusement pourvu mais vous a mis sur notre chemin.

Puis Gobelin sortit de la pièce après s'être observé une dernière fois dans un miroir en pied. En voulant partir à son tour, Briancourt croisa Sainte-Croix qui s'arrêta à sa hauteur et lui lança sans un regard :

– Ainsi voilà notre espion. Vous seriez inspiré de penser à la chose suivante : c'est monsieur d'Aubray qui vous envoie mais c'est avec eux que vous allez vivre. Ils sont le seul bon parti que vous puissiez espérer. Le prévôt leur fait cadeau d'un précepteur pour leurs enfants, mais rien ne les empêche de renvoyer le cadeau, d'autant que le bien de leurs enfants n'est pas leur préoccupation essentielle. On ne peut rien bâtir sur les enfants, ils sont trop mortels. On ne peut échanger un avenir incertain contre un présent qui vous comble. Réfléchissez à la chose.

Sainte-Croix tourna brusquement les talons après avoir gratifié le jeune homme d'une moue de dédain, appuyée par un jeu de sourcils.

Briancourt était le dernier-né d'une famille infortunée de la petite noblesse. Les quatre enfants qui le précédaient dans l'ordre de naissance lui laissaient peu d'espoir de recevoir, après la mort de ses parents, assez d'argent pour vivre convenablement à l'abri du travail. Il avait été destiné à la prêtrise mais, après quelques mois, il s'était échappé du séminaire, moins par manque de foi en Dieu que par manque de confiance en ceux qui faisaient profession de le servir. Des Gobelin libidineux, il en avait certes croisé quelques-uns, venus trouver dans le célibat entre hommes le refuge à leurs désirs contre nature. Mais là n'avait pas été sa principale contrariété, parce qu'il oscillait entre de furtifs élans pour les hommes et de grandes passions pour les femmes. Outre que ce sacerdoce lui paraissait incompatible avec l'espoir de vivre un véritable amour au grand jour, cette courte expérience lui avait permis de prendre la mesure de l'Église, de sa puissance et de son autorité ; son esprit encore jeune avait déjà perçu à quel point son fonctionnement s'écartait des textes qui l'avaient fondée.

Finalement, il avait préféré louer ses connaissances au profit d'enfants de la noblesse ou de la bourgeoisie, des garçons généralement, car c'est sur eux que toute l'attention était portée. On abandonnait l'éducation des filles dès qu'on les pensait pourvues du minimum pour se montrer en société, en attendant de les marier ou, si personne n'en voulait, de les jeter dans un couvent – car la bonne société ne tolérait pas que, passé un certain âge, une femme célibataire puisse s'ébattre librement comme un cheval sans enclos.

Mais Briancourt se faisait peu d'illusions sur son avenir. La profession de précepteur, outre qu'elle l'obligeait à vivre dans une famille qui ne serait jamais la sienne, ne lui dégagerait pas suffisamment de ressources pour espérer fonder son propre foyer. Cette réflexion n'était pas aussi claire dans son esprit à peine sorti de l'adolescence. Les injonctions contradictoires s'y croisaient inlassablement, comme cela avait été le cas cette nuit-là où il n'avait pas vraiment réussi à dormir, tenu éveillé par la nouveauté mêlée à l'inconfort. Et ce ne fut qu'au petit matin, quand le chant des tourterelles annonça le retour de la vie diurne, qu'il s'avoua qu'il était tombé amoureux de la marquise. Il réalisa que l'avoir entendue jouir dans les bras d'un autre ne l'avait pas rendu jaloux – ce qui aurait été, dans ce cas, le plus trivial des sentiments –, mais lui avait donné l'ambition de la faire jouir plus encore. Ne doutant de rien, il se sentait capable de surpasser Sainte-Croix dans sa conquête, de la conduire là où jamais personne n'avait pu l'emmener, dans un saint Graal de la volupté.

Mais pour le moment, la marquise ignorait le jeune homme, comme si un sort jeté sur lui l'avait rendu transparent. Il n'en conçut aucune amertume. Il aimait le défi. Et l'idée de partir de si bas dans le mépris d'une femme pour parvenir encore plus loin dans son amour et son désir lui semblait une gageure à sa taille.

Madame de Vernes n'avait pu obtenir que ses invités assistent au lever du roi ni à la messe qui lui succédait. Les places étaient chères pour ces deux évènements qui se déroulaient dans un ordre immuable. Il aurait fallu pour cela qu'elle appartienne à la Maison du roi mais, comme elle était auprès de la reine, elle servait une femme dépossédée de son influence par les maîtresses de son mari, qui, non contentes de participer à son humiliation, se comportaient elles-mêmes comme si elles étaient couronnées.

4.

La troupe se mit en route, la comtesse de Vernes devant, suivie de la marquise, de son mari, de leurs deux enfants et de cet ami pittoresque qui brisait toutes les convenances. Mais madame de Vernes faisait mine de ne pas s'en apercevoir. La marquise était en beauté et Sainte-Croix la dévorait des yeux, excité par cette gorge déployée offerte aux regards de tous. D'une certaine façon, il semblait plus fier de sa maîtresse que Gobelin ne semblait l'être de sa femme, même si ce dernier lui manifestait son attention avec la tendresse d'un ami de longue date. La marquise aimait séduire et aucune des facettes de l'art de plaire ne lui était inconnue. Mais derrière ses sourires pointait une dureté dont elle seule avait l'explication. Il n'était pas rare de voir ses traits basculer dans une profonde tristesse, aussitôt effacée par une rage qu'elle savait contenir, jusqu'à ce qu'elle reprenne son expression normale, qui n'allait jamais jusqu'à la douceur parce qu'elle n'avait pas cette duplicité.

Le flot des courtisans grossissait à mesure qu'ils marchaient, suivant un parcours jalonné par des gardes qui bloquaient les passages réservés. Puis ils parvinrent jusqu'à une grande porte à deux battants qui donnait sur un immense couloir. Aux personnes déjà rassemblées, ils comprirent qu'on ne pouvait pas progresser. La petite foule enflait, chacun cherchant à conserver sa place, tout en saluant de loin le plus de connaissances possible. On parlait haut et fort, les dames comme les hommes, mais personne n'écoutait vraiment. On sentait cette excitation et cette ferveur propres aux moments exceptionnels d'une vie, quand des anonymes sont sur le point de croiser ceux qui font l'Histoire. Ni les grands du royaume ni la cour n'étaient présents dans cette pièce adjacente qui donnait sur la galerie qu'allait emprunter le roi d'un moment à l'autre.

Celui-ci était plutôt ponctuel dans ses habitudes et il fut annoncé au loin par un de ses appariteurs d'une voix péremptoire qui figea la foule. Le silence se fit, chacun retint son souffle. Si on l'avait voulu, il aurait été loisible de remarquer que tout le monde se tenait sur la pointe des pieds. Les invités de madame de Vernes ne se trouvaient ni trop près ni trop loin de la porte, mais ils ne purent entrevoir que l'arrière d'un cou, un pendentif, une épaule ou une perruque, au point qu'il aurait fallu additionner ces détails pour reconstituer une image entière du roi, qui passa d'un bon pas, pressé de se faire pardonner de Dieu, seul au-dessus de lui, ses péchés d'orgueil, de gourmandise et de luxure, dans lesquels il rechutait avec délice une fois la messe terminée. Au bout du compte, chacun s'en retourna d'où il venait en faisant l'effort de ne pas se montrer trop dépité par cette apparition furtive qui, loin de consacrer leur voyage, les laissait à leur frustration. Par chance, tous s'accorderaient à raconter plus tard qu'ils avaient vu le roi comme ils voyaient leur interlocuteur, jusque dans le détail des veinules et des points noirs de son visage, même dissimulés sous un épais maquillage.

Madame de Vernes, qui n'était pas dupe, se confondit en excuses auprès de ses invités. Embarrassée, elle chercha à lire la déception sur les traits des uns et des autres, mais personne n'en trahissait l'expression, l'esprit déjà occupé par le retour à Paris à la fin de la matinée. En cheminant, ils croisèrent un personnage qui, bien qu'il fût plus jeune qu'elle, lui était connu de longue date. D'évidence, cet homme et la femme qui l'accompagnait en avaient vu plus que la petite troupe réunie devant eux. Ce n'était certainement pas la première fois que ce personnage un peu hautain assistait à un des grands moments de la journée du roi. Et il s'empressa de le faire savoir :

– Nous étions attendus pour le lever de Sa Majesté que je voulais montrer à mon amie, la vicomtesse de Warnens, mais nous sommes arrivés trop tard, alors il nous a fallu nous contenter de son passage vers la chapelle. Sa Majesté a eu la bonté de m'adresser un léger signe de la tête, n'est-ce pas, ma chère ?

La dame se tenait légèrement en retrait et, contrairement à toutes celles que l'on pouvait croiser en cette occasion, elle ne cherchait pas à se faire remarquer, ni par sa toilette ni en parlant fort. Ses habits de deuil auraient suffi à l'expliquer mais la discrétion de ses manières ne semblait pas y être liée. La marquise ne la remarqua pas tout de suite parce que son esprit était ailleurs, mais elle saisit par inadvertance un échange de regards entre cette femme en noir et Sainte-Croix, une sorte de connivence, de complicité cachée. Ces deux-là avaient déjà été amants à un moment ou à un autre, la marquise en aurait donné son billet, mais elle n'en ressentit ni dépit ni jalousie. En la scrutant plus avant, elle vit que cette femme était d'une splendeur d'autant plus hors du commun qu'elle se parait d'un halo de modestie.

L'homme qui l'accompagnait, Pierre-Louis Reich de Pennautier, était à l'apogée de la beauté qu'une quarantaine fraîchement dépassée pouvait permettre. Il avait présenté Leonor de Warnens comme une amie rentrée en France après son récent veuvage d'un gentilhomme flamand dont il était l'ami proche. Il ne faisait nul doute que Pennautier avait des vues sur cette femme tout juste libérée des entraves du mariage, et qu'il se donnait ce qui restait des six mois de deuil pour la convaincre de se remarier avec lui. On comprit aussi, en relativement peu de mots, que Pennautier avait conduit à la cour cette dame pour la distraire de son nouvel état mais qu'il était surtout là pour y rencontrer monsieur Colbert, le grand argentier de Sa Majesté, dans l'administration duquel il se trouvait en sa qualité de trésorier des finances d'une province éloignée de la capitale.

On se sépara ensuite avec beaucoup de politesses.

Madame de Vernes et ses invités firent une halte aux appartements de la comtesse avant que Gobelin et sa femme montent dans une diligence affrétée pour eux seuls. Ils prirent au passage Briancourt, qui essayait de se faire apprécier des enfants en jouant avec eux à colin-maillard, et remercièrent vivement la comtesse, contrariée de n'avoir pu en faire davantage. D'évidence, chacun était heureux de cette excursion à la cour et, plus encore, de quitter ces si vastes bâtiments dont ils n'avaient pu jouir que d'une surface exiguë.

5.

Monsieur Colbert personnifiait la réussite d'une classe qui s'était hissée au sommet de l'État par son mérite. Le surintendant des finances, Fouquet, son prédécesseur, s'était pris pour le maître du royaume. Il avait détourné assez d'argent pour construire Vaux-le-Vicomte, une splendeur qu'il avait eu la maladresse de montrer au roi qui, offusqué, l'avait déchu et fait emprisonner pour le reste de ses jours. Colbert, lui, savait rester à la place qui lui était assignée. Il y réalisait un parfait équilibre entre l'enrichissement du royaume et le sien, qui faisait alors de ses filles les meilleurs partis d'Europe. Colbert, dont l'intelligence remarquable n'échappait pas au roi, savait se montrer discret et suffisamment austère pour que rien dans son comportement ne fît ombrage à l'astre, fort susceptible sur la question.

Le grand commis de l'État lisait à travers une loupe, qu'il tenait d'une main, un papier qu'il tenait de l'autre, ce qui, dans son costume noir, lui donnait une allure de clerc de notaire à la vue fatiguée. Une fois qu'il eut parcouru les chiffres soigneusement étalés sur la feuille, il la posa devant lui. Après avoir longuement inspiré, signe qu'il allait parler abondamment, il s'adressa à son interlocuteur, monsieur de Pennautier, d'une voix calme et fluide qui ne cherchait pas ses mots :

– Je ne vous ai pas fait venir à moi pour vous dire que les recettes financières de votre province ne me satisfont pas. La récolte est bonne.

Il poussa le papier qui en était la preuve loin de lui.

– Depuis l'avènement de Sa Majesté, nous avons mis de l'ordre dans les finances du royaume, et bien des secteurs montrent notre prospérité. Mais il va nous en falloir beaucoup plus, parce que, je vous le dis dans le plus grand secret, nous nous préparons à la guerre.

Pennautier en fut surpris, une surprise qui n'était pas feinte.

– La guerre, monsieur Colbert ?

– J'en ai bien peur, monsieur de Pennautier.

Puis il prit un moment pour réfléchir avant de poursuivre :

– Malgré tous nos efforts, notre nation reste celle des placements fonciers, de la rente. On y investit plus volontiers dans la vaisselle et l'orfèvrerie que dans les manufactures ; et l'on rêve de petits profits rapides, de trafics sur les grains, de toutes ces vieilles choses. Rien de tout cela, malgré les efforts entrepris, ne nous mène à la magnificence dont le roi veut faire la marque de son règne. Quelle est, selon vous, la capitale économique du monde ?

– Paris ?

– Non, monsieur, Amsterdam. Les Hollandais nous narguent. Nous ne parvenons à les concurrencer sur rien. Ils dominent sur les mers, le commerce des biens, celui des armes, le maniement de l'argent, et leurs entreprises rémunèrent à 25 % le capital investi. Sa Majesté ne peut souffrir l'insolence et l'arrogance des États réunis des Pays-Bas, très majoritairement protestants qui, outre leur puissance économique, se targuent à l'occasion d'ambitions républicaines. Quand le roi les aura conquis, leur commerce deviendra celui des sujets de Sa Majesté et il n'y aura rien à désirer davantage. Mais pour cela, il nous faut financer la guerre et j'en appelle à chacun des receveurs des finances de nos provinces : trouvez de l'argent. Par tous les moyens.

Pennautier opina longuement avant de faire part à son supérieur de ses réserves :

– Je comprends parfaitement, monsieur, mais vous savez à quel point notre marge de manœuvre est faible, si l'on ne veut pas ranimer les révoltes qui couvent en permanence.

Colbert balaya son objection d'un revers de la main.

– Ce n'est pas sur eux qu'il faut accentuer la pression. Ponctionnez l'argent qui se fait sans cause. Vous ne m'avez pas entendu le dire mais je parle du clergé. Trouvez un moyen de leur soustraire des revenus, récupérez les charges les plus lucratives. Ils nous le doivent bien. On mène la vie dure aux protestants alors qu'on sait bien la part qu'ont ces derniers aux seules de nos richesses qui vaillent.

Puis, comme s'il avait évacué l'essentiel pour laisser à Pennautier le loisir de se perdre dans les détails :

– Bien sûr, il y va de votre intérêt de vous convaincre que cette conversation n'a jamais eu lieu. La rapporter à qui que ce soit ne pourrait être que le fruit d'une imagination féconde, mal à propos.

– J'entends bien, monsieur.

Colbert se leva pour signifier à Pennautier que leur entretien ne méritait pas de plus amples développements et le gentilhomme s'inclina pour saluer Colbert.

6.

La voiture commandée par Gobelin pour rentrer à Paris n'avait pas la taille escomptée et il fallut se serrer pour parvenir à y installer les uns et les autres en vue d'un voyage qui demandait quatre bonnes heures, à condition que rien ne vînt en perturber le déroulement. Plutôt cinq, lui avait dit le cocher puisque l'attelage se limitait à deux chevaux, certes puissants, mais plus lents que les quatre élégants carrossiers qui, d'ordinaire, assuraient le trajet. La question n'était pas le prix qu'on était prêt à y mettre mais le manque de chevaux assez reposés pour entreprendre une telle trotte.

La marquise se tenait dos à la route, entourée de sa servante et de ses deux enfants. Briancourt lui faisait face avec, plantés de chaque côté, Gobelin et Sainte-Croix. Il eut le sentiment que la marquise l'avait enfin remarqué car elle l'observait d'un air inquisiteur, comme si elle cherchait à percer plus loin que sa jolie figure. Ce regard finit par le gêner, mais moins que la main de Gobelin qui s'égarait sporadiquement sur sa cuisse chaque fois que la marquise le fixait trop longtemps. Sainte-Croix semblait ne pas faire grand cas de cette rivalité entre les deux époux et regardait défiler le paysage par la petite fenêtre, tout en tirant sur une pipe de tabac qui se consumait dans d'abusives volutes en indisposant les enfants. Victime de son jeune âge, le précepteur finit par s'endormir et sa tête s'affaissa contre l'épaule de Gobelin, lequel, sans bouger, profita de la situation pour défier sa femme du regard.

Une autre voiture quitta Fontainebleau à peine plus tard. Contrairement à celle qui la précédait, il ne s'agissait pas d'une voiture de louage mais du carrosse de monsieur de Pennautier. L'intérieur en était aussi confortable que celui de l'hôtel particulier qu'il possédait à Paris avec porte cochère et écuries. Pennautier répugnait à loger dans la province dont il était chargé de prélever les principaux impôts et taxes destinés au roi, sur lesquels il avait le droit de ponctionner des sommes conséquentes en rémunération de cette charge que son père avait achetée à un prix faramineux.

Il était encore jeune mais plus pour longtemps. Et il avait conscience d'avoir dépassé la longévité de la plupart des hommes de son époque. Aussi, après avoir négligé la religion dans ses belles années, il y revenait, caressant l'espoir que son existence se poursuive dans l'au-delà. De cela, il connaissait la condition : essentiellement de ne pas offenser Dieu, pour ne risquer ni sa colère ni son mépris, encore moins son simple oubli.

Cette superstition enflait avec l'âge, faisant de lui un ardent défenseur de la religion catholique, bien malmenée en ces temps où les jansénistes de Port-Royal et les protestants ne se privaient pas de cultiver leur dissidence avec un prosélytisme exaspérant pour le haut clergé qui entourait le roi. La royauté et la foi étaient supposées ne faire qu'un, y compris dans leur œuvre de ponction infinie des richesses de la nation. L'Église avait ses terres, ses abbayes, ses monastères, ses innombrables biens qui faisaient d'elle le premier propriétaire foncier dans beaucoup de grandes villes, Paris inclus. Et si quantité d'impôts lui étaient déjà réservés, elle y avait depuis longtemps ajouté le commerce des indulgences – une façon commode pour ses fidèles d'échanger la clémence du Seigneur contre des espèces trébuchantes. On imagine que c'est sans doute après avoir relu le Nouveau Testament, qui invite les chrétiens à vivre dans le dépouillement, que l'Église avait incité depuis le Moyen Âge les croyants à se défaire de leur héritage à son avantage, plutôt que d'en faire profiter une descendance aléatoire, car on mourait vite et souvent dans les campagnes. Les paysans étaient poussés à léguer de leur vivant, par l'intermédiaire de clercs qui en prenaient acte, la plus grande partie de leur faible patrimoine en échange de la promesse de prières pour le salut de leur âme.

Catholique et romaine, l'Église était immensément riche et savait se montrer intraitable avec ceux qui le lui reprochaient. L'imprimerie, deux siècles auparavant, avait instillé une sorte de cancer chez cet être prospère. Le Nouveau Testament, dupliqué dès lors à l'envi et en français, s'était ouvert à d'autres lecteurs que ceux qui l'avaient confisqué jusque-là, n'en diffusant à travers les missels que des bribes opportunes. Ces nouveaux lecteurs n'avaient pas été longs à réaliser qu'on les dupait depuis l'origine des temps, que la lecture des textes par l'Église catholique se faisait de préférence pour adapter les fidèles à ses dévoiements sans limites. La religion blanchissait les consciences comme les lavandières le faisaient des draps dans les lavoirs communaux. Mais elle avait convaincu le peuple, par l'entremise des ecclésiastiques, que s'attaquer à elle, c'était s'attaquer au roi, avec la puissance duquel elle formait un corps indivisible.

Pennautier, prévaricateur aguerri, était assez fin d'esprit pour comprendre que la demande de Colbert ne remettait nullement en cause l'union de l'Église et de l'État. La question, en ces temps troublés de conquêtes coûteuses, était simplement de parvenir à absorber une partie de l'excès des richesses de l'Église au profit du roi, sans rien compromettre évidemment de leur intérêt commun fondamental, ni bien sûr éveiller les soupçons du clergé. Pennautier, dont le regard s'égarait dans les sombres paysages, se rappela le fameux « Connais-toi toi-même » dont personne n'avait laissé le *modus operandi.* Il en allait de même pour la demande de Colbert qui tournait inlassablement dans sa tête et butait toujours sur la même question : « Oui, certes, mais comment faire ? » Il savait qu'il n'allait pas y répondre dans l'heure, aussi se tourna-t-il vers madame de Warnens qui se perdait elle aussi dans ses pensées.

Le mari de la vicomtesse était mort récemment après avoir avalé de travers un beignet qu'il n'avait pas eu le loisir de mastiquer, ayant été privé, du fait de son âge avancé, de vraies dents pour le faire. Cette ancienne gloire militaire avait dépassé les quatre-vingts ans, âge canonique qui vous laisse normalement avec plus de souvenirs que de projets. Mais les souvenirs s'étaient évanouis depuis près de dix ans par déficience de la mémoire alors que le corps, pourtant bien entamé, ne voulait pas céder. Il avait donc fallu un accident pour mettre fin à tout cela. La vicomtesse était seule, moins courtisée pour sa fortune que pour sa beauté, ce qui réduisait le nombre de prétendants. Mais Pennautier, qui avait été l'ami de son défunt mari, ne convoitait pas la fortune du disparu, sachant qu'elle représentait *epsilon* au regard de ses énormes possessions. S'il était homme à ne jamais tourner le dos à une opportunité de s'enrichir, il ne concevait pas de le faire par le mariage. Il s'en livra d'ailleurs inopinément à madame de Warnens après qu'elle lui eut demandé à quoi il songeait pendant qu'il la regardait :

– Je me disais, madame, qu'il est temps pour moi de me remarier. J'ai connu comme vous un veuvage prématuré, quand ma femme est morte en couches, me privant autant d'elle que de la descendance qui m'était promise.

– Vous l'aimiez ?

– J'avais pour elle l'affection de l'habitude, mais jamais aucun grand sentiment n'a nourri notre relation. Et maintenant que je suis riche à millions, je n'ambitionne plus qu'un seul luxe : renoncer à un mariage d'argent au profit d'un mariage d'amour. Là serait mon aboutissement.

– Avez-vous déjà l'idée de celle qui pourrait être l'élue de votre cœur ?

Il répondit aussitôt :

– Vous, madame. J'attendais la fin de votre veuvage pour vous le déclarer mais reconnaissez que vous m'y poussez contre mon gré.

La vicomtesse, sans baisser les yeux, s'efforça de ne rien laisser paraître de sa réaction à une telle déclaration et rétorqua :

– Vous l'avez dit vous-même, je suis veuve. Et si le décès de feu mon mari était attendu, ce serait faire bien peu de cas de sa mémoire et du respect qu'on lui doit que de conspirer, même pour de nobles sentiments, alors que sa dépouille est à peine refroidie.

Elle livra ces mots avec un très léger soupçon d'espièglerie dans son expression qui, sans décourager Pennautier, le conserverait à distance encore pour un moment. Ce dernier prit d'ailleurs cette réponse pour un signe de bon augure, s'imaginant que, sous réserve d'un peu de patience, la chose était faite. Son vieil ami avait partagé sa vie entre Paris et les Flandres et, conscient de la différence d'âge qui le séparait de sa femme, lui avait recommandé celle-ci au cas où il viendrait à passer. Feu monsieur de Warnens pensait que celui qui avait été son associé dans des affaires lucratives dépassant les frontières saurait prendre soin de son épouse comme de ses biens. Il avait sans doute perçu que l'immense cupidité de Pennautier ne s'était jamais épanouie au détriment de ses liens amicaux. Madame de Warnens n'était pas dupe de cet arrangement noué dans son dos au prétexte de la protéger. Sauf que, visiblement, Pennautier nourrissait pour elle des sentiments sincères. Jusqu'à preuve du contraire… Car Leonor de Warnens avait tout de même pour les hommes la méfiance du chat pour le chien.

7.

Le jour suivant était un dimanche. Et la matinée était déjà bien engagée, comme en témoignaient les cloches de Saint-Germain-l'Auxerrois qui sonnaient à toute volée pour rappeler aux fidèles qu'il était l'heure de la messe. Il arrivait que la marquise et son mari s'y montrent, bien que toujours de mauvaise grâce. Le jour du Seigneur les forçait l'un et l'autre à faire bonne figure, car il n'était pas très habile d'affirmer son indifférence, encore moins sa désinvolture en la matière. Le couple savait que, pour mener librement la vie qui était la sienne, plus proche de la débauche que du sacerdoce, il était préférable de se conformer, au moins en apparence, aux usages communs dont la messe dominicale faisait partie. Mais cette fois, ils avaient une bonne excuse à invoquer : la fatigue du voyage pour aller voir le roi.

Gobelin goûtait ce moment de vacuité et de solitude quand valets, femme de chambre et cuisinière quittèrent soudainement leur emploi pour se rendre à l'église implorer Dieu de les oublier dans son généreux partage des malheurs qui ne manquaient pas de frapper les gens de leur condition.

– Nous n'allons pas à la messe cette semaine, mais rien ne vous empêche de vous y rendre si vous le souhaitez.

Gobelin, avachi dans un fauteuil où il lisait la gazette, un journal qui dispensait quelques futilités utiles, s'adressait à Briancourt qui se tenait debout, droit derrière lui, et regardait la pluie tomber sur le jardin et rebondir sur la partie pavée du sol. Le jeune homme ne répondit rien, et il poursuivit comme pour lui :

– Bien triste saison que ce mois de novembre qui semble avoir été inventé pour nous habituer à la mort. On dirait que le jour ne parvient jamais à se débarrasser de la nuit. Et il est trop tôt pour boire. En tout cas pour moi. Pas pour ma femme. En l'absence des domestiques, vous devriez lui porter un verre de vin pour l'inciter à se réveiller. Vous trouverez cela aux cuisines.

Briancourt en profita pour lui demander s'il souhaitait qu'il fasse quelque chose en particulier avec les enfants. Gobelin haussa les sourcils, puis, se tournant vers le jeune homme qui se remettait de l'effort d'avoir parlé sans trop bégayer :

– Vous demanderez à la marquise, après tout ce sont les siens.

Il s'interrompit d'un sourire complice puis reprit :

– Cela ne m'empêche pas de les aimer, vous savez. Pour peu qu'on doive les aimer. Tant de raisons peuvent conduire à nous les voir arrachés qu'il est judicieux de ne pas s'exposer à de grandes souffrances par des attachements excessifs. Je pense que la marquise sera de mon avis, vous devriez rester avec eux dans leur chambre, je crains que le bruit qu'ils font dans leurs jeux soit insupportable pour un dimanche pluvieux.

Un plateau à la main, sur lequel il avait disposé un verre à pied et une bouteille de vin blanc, Briancourt se dirigea vers la chambre de la marquise, empli de trac à l'idée de la voir seul à seule. Il frappa à la porte et n'entendit qu'un lointain encouragement à ouvrir, ce qu'il fit de sa main qui restait libre.

La marquise était allongée, la tête relevée par plusieurs oreillers profonds, pensive mais réveillée.

– Que me vaut cette visite ?

– C'est m… m… monsieur qui… en l'absence du personnel m… m'a demandé de… de vous porter cela…

– Vous voilà bien bègue, dites-moi. On croirait que vous avez été conçu sur une hésitation.

Elle lui fit signe de s'asseoir sur le bord du lit et se mit à boire à petites gorgées en déglutissant bruyamment.

– Que fait monsieur mon mari ?

– Rien, je crois.

– C'est ce qu'il fait le mieux.

– Pour les enfants…

– Occupez-les à des jeux de leur âge si vous en connaissez. Puisque mes domestiques sont à la messe, vous allez m'aider à m'habiller. Voulez-vous prendre la chemise de nuit sur le porte-habit ?

Elle posa son verre sur sa table de chevet.

Le jeune homme s'exécuta et souleva l'habit demandé. Quand il se retourna, la marquise sortait de son lit absolument nue, avec un grand naturel. Elle vint se placer dos devant lui et leva les bras pendant que le jeune homme, tremblant, ajustait les manches au-dessus d'elle. Puis elle lui désigna une robe de chambre qu'il lui passa à son tour avant qu'elle ne vienne s'asseoir devant sa coiffeuse. Enfin, elle tendit la brosse à Briancourt qui se mit à lui brosser lentement les cheveux comme l'aurait fait une enfant avec sa poupée. Après un long moment silencieux, elle saisit la main qui la coiffait.

– Je crois, monsieur, vous avoir convaincu qu'il y a mieux à faire que de m'espionner.

Elle se leva, se tourna et le fixa alors que le jeune homme faisait tout pour détourner son regard.

– À moins que mon mari ne parvienne à vous écarter du droit chemin. Mais j'ai mes armes.

Puis elle reprit la direction de son lit.

– Je vais me recoucher, nous nous reverrons à dîner.

Briancourt sortit de la pièce à reculons comme il l'aurait fait pour quitter une reine, puis il disparut.

Quand on frappa à la porte quelques minutes plus tard, la marquise crut que sa femme de chambre était de retour de la messe dominicale. À son assentiment joyeux succéda la déception de voir son père. Il s'avança jusqu'au lit de sa fille. La noirceur du regard de l'homme qui commandait la justice de la capitale n'annonçait rien de bon.

– Voilà qu'on entre chez vous comme dans une ruine possédée par le vent, madame ? Où sont vos domestiques ? Évaporés parce que vous n'avez plus la ressource pour payer leurs gages ?

Se sentant piégée, la marquise en prit son parti, s'assit confortablement, droite, et croisa les bras pour répondre :

– Ils sont à la messe.

– Comment à la messe ? Mais j'en sors moi-même, il me semble que vous les laissez prendre du bon temps.

S'il y avait de la colère chez le prévôt, elle était froide et volontairement maîtrisée. Il parlait d'une voix grave et posée.

Les usages voulaient qu'un père ne reste pas debout alors que sa fille était assise, il tira donc une chaise pour s'asseoir avant de lâcher d'un ton désespéré :

– Nous voilà bientôt à la mi-journée et vous êtes toujours couchée. Mais il est bien que nous soyons en tête à tête car j'ai grand-chose à vous dire et j'espère que vous l'entendrez.

La marquise se mit à regarder devant elle pour éviter l'air plein de reproches de son père qu'elle sentait s'épandre sur elle comme de l'encre sur un buvard.

– J'ai mis longtemps à vous aimer. Et je continue à vous aimer comme doit le faire un père à l'égard de sa seule fille, alors que jamais vos deux frères aînés ne m'ont causé tant de tracas ni de honte. Pourtant, je vous ai richement dotée pour que vous accédiez avec Gobelin à un rang qui ne vous était pas destiné. Dieu ayant voulu qu'aucun de mes fils n'ait une descendance, j'ai beaucoup espéré de vous. Et que m'avez-vous donné en retour ? Des bâtards.

Sans se désarmer devant ces critiques attendues, la marquise coupa son père :

– Qu'y puis-je si vous m'avez mariée avec un homme qui n'a pas d'inclination pour les femmes ?

– Vous me l'auriez dit plus tôt, nous aurions pu nous pourvoir en annulation, sauf que les enfants sont là, et depuis longtemps. Sainte-Croix en est-il le père ?

La marquise fit l'ingénue.

– Pourquoi le serait-il ? D'ailleurs les dates ne correspondent pas ; à cette époque, il était encore à la guerre.

– Alors de qui sont vos bâtards ?

– De mon mari... ? Certainement pas. Pour le reste, je ne m'en souviens guère. L'essentiel, c'est qu'ils soient de moi, n'est-ce pas ?

Le prévôt se contorsionna sur sa chaise avant de se lever et de laisser sa rage éclater. N'en pouvant plus, il se mit à hurler :

– Vous trouvez normal que ma fortune, celle de vos frères et ce qui restera de la vôtre reviennent un jour à des enfants dont nous ne connaissons pas le père ?

– La chose ne semble pas vous importuner tant que cela puisque vous avez la gentillesse de leur offrir un précepteur.

Le prévôt essaya de reprendre son calme mais il n'y parvint pas.

– Il se dit aussi que vous dépensez tout votre argent en réceptions qui se terminent fort tard dans la nuit, en libations libertines, et que vous et votre mari entretenez généreusement monsieur de Sainte-Croix…

– Ce ne sont là que des rumeurs, vous savez comme les gens aiment à parler en mal des autres, comme s'ils en espéraient par comparaison un peu plus de considération pour eux-mêmes. Je vais devoir me lever. Monsieur mon père, me ferez-vous la grâce en partant de m'envoyer ma femme de chambre ?

Le prévôt tourna les talons et sortit de la maison sans dissimuler sa colère ni prononcer un mot, alors que le personnel revenu de l'église se courbait devant lui.

8.

Un observateur peu averti aurait pu s'imaginer que la domesticité de la marquise revenait en effet d'une église, mais le lieu était en réalité bien différent. Il en imposait par son dépouillement et son austérité. La salle s'arrondissait autour d'un autel où trônait une croix en bois, seule représentation de la passion du Christ. Rien dans la mise des fidèles assemblés n'indiquait qu'on était dimanche, chacun paraissant s'être employé à s'habiller avec la plus grande discrétion possible, hommes comme femmes. Le noir dominait, parfois orné d'un col blanc, mais les couleurs semblaient avoir été proscrites pour ne jamais attirer le regard sur soi. Les fidèles, peu nombreux, étaient disposés en arc de cercle autour du pasteur. L'édit de Nantes, qui protégeait les protestants, signé à l'initiative du grand-père du roi, lui-même protestant qui s'était converti pour régner, chancelait. Cette ordonnance était défiée partout en France par des brimades répétées visant à amener les protestants à renoncer à leur foi, devenue majoritaire dans bien des pays d'Europe du Nord, quand ceux du Sud, la France en particulier, résistaient violemment contre ce « cancer » de la « religion prétendument réformée ». Dans le petit temple, la parole du pasteur résonnait de sa vindicte envers les catholiques, en écho à des persécutions de moins en moins discrètes.

– Longtemps, profitant de l'ignorance de ceux qui ne savaient pas lire ou qui, sachant lire, ne pouvaient s'appuyer sur des textes imprimés, ils ont falsifié le message du Christ pour accorder des indulgences, se livrer à l'idolâtrie et confisquer les biens de ce monde. Désormais, nous avons restauré la vraie parole du Messie. N'abjurez donc jamais votre foi, ne cédez pas aux tentations de ceux qui font commerce avec le diable pour anéantir la parole de Dieu. Nul besoin de convaincre ceux qui ont subi l'assaut du sort par la perte prématurée d'êtres chers que cette vie ici-bas n'est qu'un passage vers de plus grandes espérances. Le chemin vers l'au-delà n'est réservé qu'à ceux qui n'auront pas perverti les textes sacrés, à ceux qui les auront observés au pied de la lettre, non pas par obéissance aveugle mais parce que l'Évangile nous guide résolument vers la perfection de nos actes et de nos comportements. Il y va de notre salut de ne pas trahir cette espérance. Et ceux qui vous font face, qui vous harcèlent et rêvent de voir vos têtes au bout d'une lance de dragon, ceux-là mêmes ont renoncé, au profit de leurs petits arrangements, de leur cupidité sans fin. Ils sont bien pires que ceux qui ne croient en rien, parce qu'ils ont confisqué, détourné pour leurs intérêts immondes la parole du divin. L'hypocrisie, celle des profiteurs impénitents de la richesse commune, prendra fin. Mais pour cela, aucun de vous ne doit céder dans ses convictions, même si, pour protéger sa vie et celle des siens, il peut céder en apparence. Dieu ne lui reprochera jamais de se servir du Malin pour combattre ses ennemis.

Si, au début de son prêche, le pasteur s'était adressé à tous les fidèles rassemblés en cercle autour de lui, il avait terminé en fixant une femme dont on ne distinguait rien sous sa cape noire. Elle l'avait écouté sans un geste, et sa silhouette ne s'anima que pour le suivre, une fois qu'il eut terminé et que les fidèles se furent discrètement dispersés vers la sortie. Le pasteur se dirigea vers un renfoncement qui, dans une église, aurait fait office de sacristie. Un homme s'y tenait, lui-même tout de noir vêtu, de haute taille, jeune encore. Il fit face à la femme alors que le pasteur, en retrait, rassemblait ses affaires. Il parlait avec un lourd accent des Flandres ou de Hollande.

– On m'a dit que vous vous rapprochiez déjà de la cour. Je vous laisse libre des modalités, mais sachez que nous sommes prêts à vous accompagner aussi loin que vous pourrez aller. Vous êtes notre unique espoir d'éviter une invasion dont le seul but est de calmer la jalousie du roi à notre égard. Il crache sur les protestants mais il voudrait s'attribuer la gloire de leur réussite. Nous ne pourrons pas arrêter la France, mais lui… Il ne tient qu'à vous de trouver le moyen de le faire.

L'homme sortit une bourse de bonne taille qu'il tendit à la femme. En la glissant sous sa cape, elle découvrit son visage, dévoilant autant de beauté que de détermination. Puis madame de Warnens quitta le temple sans un mot.

9.

Le domicile du capitaine de Sainte-Croix tenait plus du repaire que du genre de logis auquel on pouvait s'attendre au vu de son rang. La maison dans laquelle il résidait n'avait rien d'un hôtel particulier, bien qu'on y entre par une cour pavée où il était possible d'abriter un cheval – certainement pas deux. L'intérieur était fort spacieux, sachant qu'il vivait là seul, mais il avait traversé l'Histoire depuis Henri IV sans le moindre entretien. Sainte-Croix essayait de dissimuler la vétusté de l'ensemble par l'ameublement et les tentures, de sorte que l'endroit paraissait confortable et insolite, comme peut l'être le logement d'un célibataire où les femmes se succèdent. Celles-ci venaient prendre auprès du capitaine un plaisir d'autant plus fort qu'il leur était interdit.

Si Sainte-Croix était loin de n'avoir que des qualités, il en avait au moins une, la discrétion. Multipliant les conquêtes, il ne s'en vantait pas, et ne lâchait jamais un nom qui aurait pu ensuite circuler dans la haute société. Il possédait aussi un don particulier pour convaincre ses maîtresses qu'elles étaient uniques, même si aucune n'y croyait vraiment ni ne réclamait cette exclusivité qui rend vite une relation compromettante. Sainte-Croix savait donner du plaisir à des femmes qui en étaient privées par leur mariage, souvent obligées de se contenter des assauts d'un mari obsédé à remplir les devoirs de sa succession, usant de leurs ventres jusqu'à l'engrossement, les délaissant ensuite pour des femmes toujours plus jeunes et plus fraîches.

Parmi elles, il y en avait quelques-unes de la bonne société qui aimaient autant coucher avec Sainte-Croix que se perdre dans son univers d'aventurier sans scrupules. Échanger ses services contre monnaie trébuchante aurait fait de lui un « gigolo ». Il ne vivait pas d'aumônes, mais il ne refusait jamais les largesses de certaines de ses habituées, de la marquise en particulier.

Ainsi passait-il beaucoup de temps au lit. Et il n'était pas étonnant de l'y retrouver, nu comme un ver, exhibant ce qu'il considérait comme les parties les plus nobles de son anatomie, les jambes écartées, les yeux fixés au plafond marbré de salpêtre.

– Il était une fois une dame qui, après m'avoir longtemps poursuivi de ses assiduités, se mit à venir me voir régulièrement. Mais elle ne jouissait jamais. Pas un gémissement, pas un bruit. Nous faisions toujours la chose à l'ancienne, elle sur le dos, moi dessus. Puis un jour, l'inattendu arriva, elle eut un cri de jouissance. Comme je lui demandais pourquoi je ne l'avais pas entendue plus tôt, elle me dit : « Oh non, rien n'a changé, c'est juste qu'au plafond, j'ai vu l'araignée attraper la mouche. »

Il se retourna :

– Heureusement, toutes mes maîtresses ne sont pas comme cela, n'est-ce pas ?

Assise de son côté du lit, une dame se rhabillait méthodiquement.

– Aurez-vous la bonté de m'épargner les histoires qui vous lient à vos autres conquêtes ?

Madame de Warnens lâcha ces mots sans le moindre air de reproche. On pouvait lire sur son visage un air de satisfaction et de bien-être.

– Vous voilà pudibonde, ou jalouse ?

– Rien de tout cela. Les femmes ne sont pas pudibondes mais il y a dans leur jouissance quelque chose de magique que les mots ont vite fait de faner. Et pour être jalouse, il faudrait que je sois amoureuse, là n'est pas notre accord.

– On en est loin puisque vous me payez pour vous faire l'amour.

– Je ne vous paie pas pour louer votre corps, mon ami, et vous le savez très bien. D'ailleurs, je constate que je n'ai pas grand-chose en contrepartie de ma dépense. Où en sommes-nous ?

Sainte-Croix se leva en s'enroulant dans un drap, puis alla à la fenêtre.

– J'ai des liens étroits avec la marquise, vous le savez. Mais elle-même ne cultive pas une bonne relation avec son père.

– Œuvrez pour les rapprocher ! Le prévôt est le seul à savoir ce qui se trame pour les huguenots.

– C'est que je suis, en quelque sorte, le nœud de leur discorde.

– Parce que la marquise vous entretient aussi. D'ailleurs, qui ne vous entretient pas dans Paris ?

– Le prévôt me voit comme celui qui ruine sa fille sans savoir qu'elle n'a pas besoin de moi pour cela. Ce qui coûte, ce sont les fêtes qu'elle donne avec son mari.

– Donc, vous ne pouvez pas aider à réconcilier le père et la fille ?

– Je crains que non.

– Alors organisez une rencontre avec la marquise, je m'en occuperai moi-même. Même si elle ne s'entend pas avec son père, elle continue à le voir, et elle pourrait, à travers lui, avoir vent de certaines rumeurs sur les intentions du roi envers les protestants. Car si le roi se décide à lancer de nouvelles persécutions, le prévôt en aura la charge pour Paris.

Sainte-Croix se rassit sur le bord du lit. Madame de Warnens, ayant fini de se rhabiller, se rapprocha, debout devant lui. Sainte-Croix prit un air dépité qui ne lui ressemblait pas.

– Oubliez l'espion, madame, et dites-vous que vous me payez pour vous rendre heureuse à l'occasion, tout en donnant aux autres l'apparence que vous respectez le deuil de votre mari.

Elle lui posa la main sur la bouche et Sainte-Croix entreprit de lui lécher les doigts. Elle les retira doucement.

– Vous êtes fascinant de cynisme. Qu'est-ce qui peut bien vous valoir cette morgue ?

– Le spectacle du monde, madame, et de son hypocrisie. Je ne crois qu'en mon plaisir et en l'argent qui y contribue. Pour le reste, je suis prêt à entendre toutes sortes de balivernes, pourvu qu'on ne me force pas à les approuver. La vie n'a d'intérêt que si on en jouit sans limites et qu'on la remet sans cesse en jeu. La guerre me manque. C'est le seul lieu où, vivant exclusivement entre eux, les hommes s'accomplissent. De retour à la maison, ils se consument lentement, victimes des femmes et de leurs obsessions frivoles.

– Et qui, croyez-vous, se satisfait de réduire les femmes à leurs obsessions frivoles ? Les hommes comme vous, mon cher.

Sainte-Croix changea brusquement de sujet.

– J'ai faim, madame. Vous mener à la bataille m'a creusé l'appétit.

Il se leva et se mit à déambuler.

– Qu'en avez-vous à faire, madame, de savoir que Dieu penche de votre côté plutôt que du leur, puisqu'à l'évidence, sur cette terre, c'est le diable qui régente tout ?

– Vous faire le détail des persécutions qu'ont subies les réformés de ce pays ne suffirait pas à vous convaincre. Pardonnez-moi mais je dois y aller.

– Vous ne partagerez pas ma maigre pitance et un peu de vin d'Anjou ?

– Non merci.

– Bien sûr, vous trouverez meilleur dîner chez votre protecteur. Ne m'avez-vous pas promis de me faire rencontrer ce monsieur de Pennautier ?

– Que lui voulez-vous ?

– Lui emprunter par exemple. Il est richissime, poursuivit Sainte-Croix avec ce naturel déroutant qui était le sien quand il s'agissait d'argent.

– Pour en faire quoi ?

– Pour mes entreprises.

– Qui sont ?

– Je ne sais pas encore.

– Nous verrons. Faites-moi d'abord rencontrer la marquise.

Madame de Warnens le quitta sur un sourire. Une fois la porte refermée derrière elle, Sainte-Croix s'habilla, plein de langueur, devant la fenêtre où il surprit, dans sa petite cour d'entrée, des gens d'armes converser avec son valet. Puis il les vit saluer madame de Warnens, avant que son valet ne fît demi-tour, probablement pour venir le prévenir de cette intrusion.

10.

Quand Sainte-Croix avait choisi ce lieu pour y habiter, il avait été guidé par une condition essentielle : qu'on puisse y accéder par deux entrées, ce qui, dans son esprit, correspondait surtout à deux sorties. Il ne vivait pas de rapine, c'eût été déchoir de sa condition d'officier qu'il avait illustrée dans bien des conflits où, le plus souvent, il s'était loué comme mercenaire. En attendant une nouvelle guerre, hormis des espèces qui récompensaient les bons moments que quelques femmes passaient en sa compagnie, il vivait essentiellement d'expédients et de dettes, qu'il honorait par de nouvelles dettes, pratiquant ainsi une forme de cavalerie moins bien considérée que celle qui brillait sur les champs de bataille. Aussi Sainte-Croix ne fut-il pas surpris qu'on vînt le chercher à son domicile, supposant quelque contentieux financier. Il finit de s'habiller à la hâte avant de fuir sa tanière par une issue dont seul son valet et lui avaient connaissance.

Paris était la ville idéale pour s'évanouir. Elle était une des rares capitales d'Europe abandonnée par son roi, qui préférait réaliser ses rêves de grandeur dans la lointaine banlieue, marquant ainsi sa méfiance et son mépris pour ce grouillement d'intérêts obscurs à ses yeux. Il faut dire que la seule odeur que dégageait la cité suffisait à en éloigner les nez les moins fins, agressés par la puanteur de latrines qui y régnait. Chacun déversait dans la rue le produit de ses déjections, auxquelles s'ajoutait l'odeur du crottin de cheval abondamment répandu par ceux qui, attelés ou montés, se croisaient dans tous les sens, sans souci des piétons souvent bousculés ou renversés dans d'atroces conditions qui laissaient peu d'espoir aux victimes.

Exiguë et surpeuplée, la capitale alternait maisons de pierre de taille et façades en bois, et il n'était pas rare qu'un logement fût occupé par quatre ou cinq familles, dont les membres passaient la plus grande partie de la journée dehors. Cinq cent mille habitants se partageaient vingt-trois mille maisons, et les plus vastes, sept cents environ, étaient celles qui accueillaient le moins de monde. L'espace étant parmi tant d'autres une façon de se distinguer du vulgaire, la bourgeoisie favorisée par la multiplication des charges n'était pas en reste pour en remontrer à la noblesse sur le sujet.

Les gens aisés s'arrangeaient pour ne connaître de la ville que ce qu'ils en voyaient à travers la vitre de leur carrosse car la qualité de piéton était réservée au tout-venant. Il faut dire qu'il était bien dangereux d'être à pied, à toute heure de la journée, et de marcher sous l'œil des ladres et d'une engeance aux aguets pour dérober tout ce qui pouvait l'être. Déambulaient essentiellement ceux qui n'avaient rien à perdre, ou si peu. Se fondre dans le flot continu des chalands, qui serpentait tel un fleuve boueux entre les boutiques placées à même la rue et les murs des maisons, était le gage d'un anonymat que les huit cents gens d'armes de la capitale peinaient à percer.

Ce Paris-là, Sainte-Croix en aimait l'atmosphère, si éloignée des fréquentations qui lui permettaient de vivre, en attendant de louer ses services auprès d'un camp ou de l'autre de la politique européenne. Il ne se fatiguait pas à savoir qui étaient les bons ou les mauvais ennemis, il se contentait de les traverser de part en part de la pointe de son épée ou d'un coup de mousquet. Son cynisme, qu'il cultivait comme on taille une haie de buis, ne l'empêchait pas d'apprécier les petits matins troublés par les seules harangues des crieurs d'eau-de-vie. Ceux-ci, tonnelet et gobelet en main, proposaient un remontant aux ouvriers et aux artisans qui arpentaient à cette heure les rues en direction de leur travail en évitant les imposantes charrettes des boulangers ou des maraîchers venus de la banlieue pour converger vers les grandes halles de la paroisse Saint-Eustache.

Anobli pour fait d'arme, à la demande expresse de Gobelin à qui il avait sauvé la vie en une occasion,

Sainte-Croix n'avait rien perdu de ses origines, et surtout pas le goût de ces matinées parisiennes où les rues s'encombraient peu à peu, jusqu'à l'asphyxie, de troupeaux de bestiaux conduits aux abattoirs. Les bêtes se mélangeaient aux coches attelés de quatre, parfois de six chevaux, qui assuraient des liaisons régulières mais d'une ponctualité aléatoire avec la province et, pour une infime minorité, avec la cour. Car la cour se déplaçait moins par goût du voyage que par nécessité de faire nettoyer pendant plusieurs semaines des lieux laissés dans un état de crasse indescriptible, les parfums ne parvenant plus à couvrir l'odeur pestilentielle d'immondices qui flottait dans les palais. Pascal, janséniste et penseur de l'infini, fut un des premiers à investir dans des transports en commun : des voitures publiques pouvant contenir huit personnes, dont le service commençait à six heures et demie, et qui traçaient une ligne régulière au milieu des encombrements. Mais l'entreprise ne prospéra pas.

Il ne fallait pas longtemps à un homme comme Sainte-Croix pour se noyer dans la foule active et besogneuse, rarement certaine d'avoir gagné de quoi nourrir la famille d'ici le coucher du soleil, heure à laquelle il était conseillé de déserter les rues. Elles étaient alors livrées aux exactions de bandes organisées et de spadassins, qui ne se contentaient pas de soustraire des bourses mais exigeaient aussi de la victime qu'elle leur remette tous ses vêtements, au point de finir sans le sou et nue comme un ver à attendre que le guet réponde tardivement à ses cris et la reconduise chez elle. L'interdiction faite aux particuliers de porter l'épée et aux valets, qui pullulaient, de se munir de cannes et de bâtons ne suffisait pas à réduire une violence endémique. Et finalement personne ne s'indignait des cadavres tuméfiés qu'on retrouvait à l'aube et dont on débarrassait les rues pour que la vie reprenne comme la veille – quelques âmes en moins. À cette heure encore matinale, Sainte-Croix croisa beaucoup de « Petitjean », ces provinciaux qui venaient chercher de l'ouvrage dans la capitale avec l'espoir de meilleurs gages. Un couple qui semblait à toute extrémité l'interpella pour lui demander où il fallait s'adresser pour de l'embauche.

– Au Marché neuf pour les valets et les cuisinières, il s'y trouve un bureau de placement.

C'était justement là qu'il avait recruté La Chaussée, un valet remarquable de son point de vue, qui se contentait d'obéir aveuglément sans jamais questionner le bien-fondé de ses actions.

Sainte-Croix s'attabla seul dans un bouchon, Le Mouton blanc, rue du Vieux-Colombier, où il se fit servir du vin clairet accompagné de saucisses et de petit-salé.

Il n'était pas dans l'état d'esprit d'un fuyard. La police s'était présentée à une entrée et il était simplement sorti par l'autre au même moment. Voilà tout. Nul doute cependant que les ennuis s'approchaient à grandes enjambées. Il se demanda s'il ne ferait pas bien d'aller demander discrètement conseil à son ami Gobelin. À ce jour de la semaine et à cette heure, celui-ci se rendait chez l'étuvier où il prenait son bain hebdomadaire, une pratique à laquelle Sainte-Croix s'était toujours opposé, considérant comme la plupart de ses contemporains que le contact avec l'eau n'avait que des inconvénients tant elle était chargée de maladies. L'idée fit tout de même son chemin, car c'était là une opportunité unique de rencontrer secrètement son ami, sans le regard des domestiques qui rapportaient sans doute tout au prévôt. Il sortit de la taverne et marcha d'un bon pas. Ce n'est qu'en tournant après avoir traversé le Pont-Neuf qu'il se retrouva face à un lieutenant de police et à trois hommes armés qui l'entourèrent discrètement. Sainte-Croix fit l'étonné :

– Qu'est-ce là, messieurs ?

Le lieutenant n'était plus très jeune mais pour le moins compact et déterminé, détermination qu'il dissimulait sous l'apparente douceur d'un visage lisse, dont les traits semblaient indifférents aux atteintes du temps.

– J'ai là mandat de vous conduire à la Bastille, dit-il en sortant de sa poche un papier que Sainte-Croix ne se donna pas le mal de lire.

Celui-ci se défendit d'un ton méprisant :

– Vous plaisantez ? Vous savez qui je connais ?

Le lieutenant n'était pas homme à se laisser impressionner mais en l'espèce, il avait un atout dans la manche. Il répondit en souriant :

– Je le sais très bien, monsieur, puisque c'est précisément cette personne qui a demandé de procéder à votre arrestation.

– Sur quel motif ?

– Divers et nombreux, tenant pour la plupart à des dettes qui n'ont pas été honorées chez plusieurs créanciers, en particulier auprès de sa fille.

– Mais elle ne s'en est jamais plainte…

– Elle non, mais le prévôt son père, beaucoup.

Sainte-Croix ne sut rien faire d'autre que de prendre un air menaçant en lâchant :

– Je saurai m'en souvenir.

11.

– C'est le dernier jeu en vogue à la cour, affirma un convive. Il se dit que le roi l'affectionne particulièrement et qu'il s'en sert pour déverser des fortunes à ses maîtresses.

Cette seule évocation suscita une forte curiosité chez le petit groupe rassemblé. Autant de femmes que d'hommes, plongés dans les vapeurs réconfortantes de l'alcool. Le vin de Champagne coulait à flots depuis les deux bonnes heures qui avaient succédé à un souper sous forme de buffet.

Dans la pièce suivante, on jouait aux cartes, des sommes considérables, et il s'y passait cette chose étonnante : chacun savait que Gobelin trichait car on ne l'avait jamais vu perdre à une soirée. Mais pour ne pas dégoûter ses camarades de jeu, il se limitait à gagner des sommes raisonnables. Si quelqu'un avait argué qu'il fraudait, la défense de son honneur l'aurait obligé à se battre en duel, et il se sentait trop vieux pour relever ce défi. Pourtant, lors de son dernier duel, qui remontait à vingt ans, après qu'un soldat l'eut taxé en public de préférer les garçons aux filles, il avait fait mieux que se défendre, il avait tué l'insolent qui pourtant disait vrai. Là n'était pas la question. Le jeu l'ennuyait, alors que tricher l'amusait, et il était fier du talent qu'il avait développé dans cette matière.

Dans la première pièce, où se tenait madame de Brinvilliers à moitié ivre, le jeune convive poursuivait ses explications sur ce jeu auquel ils s'amusaient et qui faisait fureur à la cour. Il s'agissait d'une loterie où chacun se devait d'acheter un billet qui lui donnait droit, après tirage, à une enveloppe contenant une somme d'argent plus faible que celle qu'il avait cédée pour le billet, ce qui donnait l'impression de ne jamais tout perdre. Si la plupart des billets étaient perdants à des degrés divers, l'un d'entre eux permettait néanmoins de toucher le gros lot, une somme largement supérieure à celle déboursée. C'est ce gros lot qui excitait les joueurs.

Ce que le jeune homme et les autres participants ignoraient, c'est qu'une fois ce pactole distribué, il restait encore à madame de Brinvilliers et à son complice, qui avaient orchestré les festivités, de quoi payer une partie des frais de la soirée. L'un et l'autre avaient bien compris le principe des jeux de chance selon lequel celui qui organise est toujours gagnant. Le plaisir que procurait à madame de Brinvilliers l'idée que désormais elle pourrait donner des soirées financées par leurs participants sans qu'ils le sachent était ce soir-là altéré par l'absence de Sainte-Croix. Celui-ci faisait toujours bonne figure lors de ces réceptions, et il savait les conclure quand certains ne s'appartenaient plus, en organisant dans les vapeurs d'alcool quelques digressions libertines à trois ou quatre, parties fines dont le souvenir s'évanouissait le lendemain comme si elles n'avaient jamais eu lieu.

Briancourt, qui n'était pas assez en fonds pour participer à aucun jeu, les suivait néanmoins avec intérêt. Il avait fui la salle des cartes après que Gobelin lui eut prodigué quelques assiduités qu'il n'était pas d'humeur à supporter, et il avait préféré se réfugier auprès de la marquise qui multipliait à son intention des œillades galantes, tout en le rendant jaloux avec des hommes plus mûrs. Comme l'amour n'était généralement pour rien dans les rapports sociaux entre hommes et femmes, les intrigues et les tromperies n'étaient pas vues, malgré la bigoterie environnante, comme de véritables trahisons. Les mariages ne reposaient le plus souvent que sur l'intérêt. Il était certes de bon ton de sauver les apparences mais une fois cela fait, on ne connaissait plus, chez certains, de limites aux jeux de l'amour, bien aussi divertissants que les jeux de hasard. La marquise, qui n'était jamais en reste, s'était reculée contre Briancourt et ses mains dans le dos se laissait aller à des attouchements sur son entrejambe, suffisamment furtifs pour faire croire qu'ils étaient involontaires. On en était là lorsqu'un valet se fraya un passage vers madame de

Brinvilliers pour la prévenir qu'un domestique voulait de toute urgence l'entretenir de monsieur de Sainte-Croix.

Madame de Brinvilliers s'était étonnée toute la soirée de son absence. Elle parvint à s'extraire de l'assemblée pour rejoindre l'entrée où l'attendait La Chaussée, chapeau en main.

– Ne me dites pas que vous venez m'annoncer un malheur.

Le valet répondit, encore essoufflé :

– Pas si grand que vous le craignez, madame. Mon maître a été arrêté par la police et conduit à la Bastille.

– C'est pire que ce que je croyais. En connaît-on le motif ?

– Des dettes impayées, madame.

– Mon père est un scélérat.

– Et… monsieur de Sainte-Croix ne m'ayant pas… pas payé mes gages… je ne sais où loger…

– Faites-vous arranger un endroit par mes domestiques, et je verrai à vous placer en attendant qu'il revienne.

– Tant de bontés, madame…

– Vous me semblez tellement malheureux. On dirait un chien des rues qui vient de perdre le maître qu'on lui avait promis. Nous vous adopterons s'il le faut.

Le valet qui avait tout entendu prit en charge son homologue pendant que la marquise rejoignait ses invités. La nouvelle l'inquiétait parce qu'elle démontrait une offensive sans précédent de son père à son encontre. Sainte-Croix lui manquait déjà. L'un et l'autre avaient su s'affranchir des affres de la possession jalouse des corps comme des biens, et s'ils entretenaient une véritable passion pour l'argent, c'était en vue de le dilapider plutôt que de l'accumuler, afin d'offrir le spectacle d'une situation établie à un certain niveau de la société. Ils n'avaient jamais vraiment pensé aux sentiments qui les liaient parce qu'ils s'épanouissaient de la façon la plus naturelle qui soit, conduits par le seul désir, leur passion commune pour ce que d'autres qualifiaient de vice et pour l'idée qu'ils se faisaient de leur liberté. Ils étaient inséparables depuis quelques années, et voilà qu'on les séparait.

La marquise prit soudain conscience qu'elle n'avait que lui au monde. Son mari lui manifestait compréhension et bienveillance mais la chair les éloignait, sans parler du fait qu'il leur arrivait parfois de se retrouver en rivalité pour la conquête d'un homme. Alors que la contrariété commençait à prendre le dessus sur l'ivresse, la marquise de Brinvilliers vida deux verres puis entreprit pour de bon son associé du loto, qu'elle emmena discrètement dans sa chambre en prenant soin de passer devant un Briancourt médusé. Elle s'offrit au baron à deux reprises. La seconde fois, après qu'il en eut fini et qu'il se fut rajusté, tout essoufflé, il vint s'asseoir sur un fauteuil. Ni l'un ni l'autre ne s'était déshabillé, car c'était là une entreprise qui demandait trop de temps.

De plus, leur intimité était trop récente pour envisager de faire l'amour complètement nus. Alors que la marquise remettait de l'ordre dans sa coiffure, il lui lâcha d'un ton grave une phrase qui ne manquait pas de perspicacité :

– Je crois, madame, qu'il est plus facile de vous prendre que de vous posséder.

Il avait mis l'accent du premier coup sur ce qui caractérisait la marquise dans sa débauche. Elle multipliait les amants sans jamais offrir à l'un d'entre eux le sentiment de l'avoir satisfaite.

12.

Comme tant de petits matins de lendemains de fête, celui-là déchantait. Les domestiques mis à part, la maison s'était éveillée tardivement et il régnait une atmosphère que les effluves de la veille, encore en suspension, rendaient lourde. Une servante prit l'initiative d'ouvrir une fenêtre et sursauta en se retournant. Le maître de maison se trouvait là, endormi dans un canapé, tout habillé, ronflant comme un chien épuisé. Elle hésita à le réveiller mais, craignant l'initiative, elle battit en retraite sur la pointe des pieds. Ce fut finalement la marquise qui vint le sortir des rêves lointains dans lesquels l'avaient plongé la fatigue et l'alcool.

– Il est midi, mon ami, murmura-t-elle avec douceur.

Gobelin ouvrit les yeux.

– Déjà ? Je me croyais encore hier. Quel temps fait-il ?

– Nuageux.

Il lui sourit et lui prit la main.

– C'est toujours un réconfort de vous voir au réveil. Les excès n'ont pas de prise sur vous, vous ne vous fanerez donc jamais.

– Jamais. Nous n'avons pas eu le temps de beaucoup nous parler hier soir...

– Votre loto a-t-il rapporté ?

– Bien assez pour couvrir la dépense de vin de Champagne.

– C'est toujours cela de pris. Alors, dites-moi ?

– Sainte-Croix a été arrêté.

– Diable ! Au prétexte ?

– De dettes impayées à mon encontre.

– Ça n'a aucune valeur juridique, votre père ne peut pas se porter partie civile en votre nom sans votre consentement ni le mien. Cela n'est rien de plus qu'un avertissement. Il ne pourra pas garder longtemps Sainte-Croix à la Bastille de façon arbitraire.

Briancourt fit alors son entrée, salua. Voulant se retirer, il fut interrompu dans son mouvement par la marquise.

– Nous nous demandions, mon mari et moi, comment vous rapporteriez à mon père la soirée d'hier s'il vous le demandait.

Le jeune homme, sentant qu'il tombait dans un piège, se montra fort troublé. Son bégaiement n'en fut que plus marqué.

– Je... je...

– Allez ! dit la marquise.

– Je dirais que… qu'il y eut un dîner f… fort calme et que… à dix heures, t… t… toutes les bougies étaient éteintes.

– Parfait. Vous devriez emmener les enfants aux Tuileries et marcher avec eux le long du Cours la Reine, cela leur ferait une promenade.

Une fois le précepteur sorti, les deux époux reprirent leur conversation. La marquise se mit à la fenêtre en soupirant puis elle se retourna face à son mari, qui ne s'était toujours pas levé.

– Mon père nous déclare la guerre…

– On ne sait plus quand elle a commencé. Qu'est-ce qui le fâche le plus ? De vous avoir tant dotée, pour finalement devoir accepter des bâtards comme héritiers ? Mais de quoi se plaint-il puisqu'ils sont de votre sang, donc du sien ?

– C'est ce que je lui ai dit mais il ne l'entend pas de cette oreille.

– Ce qui pourrait l'irriter, c'est que je désavoue ces enfants, mais bien au contraire, je fais comme s'ils étaient de moi.

– Il en veut à Sainte-Croix de vivre grand train à nos crochets.

– C'est vrai qu'il nous coûte et que notre situation financière se détériore. Mais si on ne fait rien pour ses amis… Il m'a sauvé la vie et il vous comble de ses attentions, que demander de plus ?

– Je le hais.

– Qui ? Sainte-Croix ?

– Mais non, mon père !

– Moi, je crois qu'il craint par-dessus tout notre faillite, qui coûterait cher à sa réputation.

– Je ne changerai rien à notre vie, il n'aura qu'à payer s'il craint le déshonneur.

Gobelin lui prit la main qu'il baisa :

– C'est un bien grand malheur que Dieu ne m'ait pas gratifié d'une inclination pour les femmes, nous aurions fait un couple exemplaire, vous et moi.

13.

La Bastille ne bouleversait en rien l'ordre établi. Le traitement que l'on y recevait dépendait plus largement de sa condition que des faits pour lesquels on était détenu. Quarante-deux cellules confortables étaient réservées pour les nobles. Certains étaient autorisés à y prendre leur valet et nombre d'effets personnels qui faisaient ressembler leur cellule à un appartement bourgeois. Quant à la nourriture, on leur servait la même que celle dispensée à la table du gouverneur de l'énorme forteresse. Sainte-Croix s'était attendu à pareil traitement, ce qui aurait rendu son séjour pour le moins tolérable car, dans ces conditions, la Bastille était au moins aussi confortable que sa propre maison. Mais c'était compter sans la volonté du prévôt de l'humilier. Pas au point de lui faire partager le quartier des pailleux, où étaient enfermés toutes sortes de criminels des classes inférieures, et dont le lit de paille sur lequel ils dormaient était changé une fois par mois alors que la nourriture, elle, dépendait de la charité ; ni de l'enfermer dans l'un des cinq cachots qui jouxtaient la salle de torture. Mais le capitaine disposait d'une cellule spartiate. Elle était assez isolée pour que le prisonnier ne puisse se répandre sur sa condition et le caractère discrétionnaire de sa détention. La gravité du motif de son emprisonnement était insuffisante pour lui interdire les visites mais, jusque-là, personne n'était venu le voir.

Deux semaines s'étaient écoulées depuis son arrestation, pendant lesquelles il n'avait pas conversé. Le temps lui semblait s'étirer indéfiniment et il se rendit compte à quel point les femmes lui manquaient. Bien plus que la vie sociale à laquelle il restait toujours un peu extérieur. Gobelin mis à part, il n'était entouré que de femmes avec lesquelles il se comportait comme si elles étaient uniques à ses yeux. Elles lui semblaient être, avec la guerre, la seule grande aventure masculine, bien au-delà du désir qu'elles pouvaient susciter. Ses airs de séducteur compulsif cachaient son profond attachement à cette gent, qui lui procurait l'intimité et la complicité qu'il recherchait.

Ses pensées allaient à ses fidèles conquêtes, madame de Brinvilliers et madame de Warnens. Les autres n'étaient jusque-là que des passades, quelques dames assez généreuses et bien élevées pour lui donner de l'argent sans qu'il en demande, souvent seulement pour la satisfaction de se voir belles dans son regard. Une partie de son charme tenait à ce que, contrairement à bien des hommes de son époque, il ne cachait rien de ce qu'il était, un être désabusé, un peu fatigué de lui-même mais surtout des autres, et qui trouvait dans l'excitation des sens une sérieuse raison de vivre. Soldat, Sainte-Croix n'avait jamais eu les moyens de lever une compagnie pour le roi et il s'était engagé dans celle de Gobelin qui l'avait recruté dans ses jeunes années. Pendant toute sa carrière aux armées, il s'était montré irréprochable, jusqu'au jour où il avait compris que les honneurs dont on parlait si haut n'étaient là que pour couvrir de bas intérêts contre lesquels on échangeait son sang sans le moindre profit, quand d'autres pillaient, rançonnaient, violaient pour leur seul bénéfice.

C'est alors que, sans toutefois trahir celui qui le commandait, il s'était mis à son compte et était devenu à son tour expert en exactions, mais sans jamais user de la force. Il avait sauvé la vie à Gobelin en une occasion particulière, en tuant un adversaire qui avait pris le dessus sur son supérieur. Mais tout ne l'avait pas été, sauvé. Gobelin avait été salement touché en un lieu de l'anatomie qui concentre chez l'homme beaucoup de pulsions et d'orgueil. Il ne s'était jamais vraiment remis de cette blessure, et cela expliquait ses jeux de séduction, qu'il ne menait jamais jusqu'à leur terme. Sainte-Croix avait porté Gobelin, l'entrejambe ensanglanté, des lieues durant, sous une pluie glaciale et battante, sur une route boueuse jonchée sur les côtés d'hommes et de chevaux morts, enchevêtrés dans des postures grotesques. Ainsi avait été scellée une amitié qui avait désormais des allures de fraternité. De ses guerres, Sainte-Croix avait retenu que la mort est finalement le sommet d'un ridicule auquel aucune âme ne peut survivre. Sans perspective d'au-delà, il comptait bien profiter du temps qui lui était imparti, et la multiplication des deuils autour de lui concernant des personnes de tous les âges lui donnait une haute conscience du fait que ce temps n'était pas infini.

S'ennuyant ferme dans sa cellule, il avait demandé de la lecture. Seule la Bible lui avait été proposée et il l'avait repoussée avec dédain. Alors il se remit à ressasser sa rancœur contre monsieur d'Aubray, ce dévot méprisable.

Deux gardes se présentèrent comme il venait de finir de dîner et qu'un morne et interminable après-midi se profilait devant lui.

Il les accueillit avec un long soupir de soulagement, persuadé que la farce prenait fin, que les deux hommes étaient là pour l'élargir.

– C'est bien la première fois que j'ai plaisir à vous voir, messieurs.

L'un d'eux ouvrit sa porte, révélant un troisième homme derrière lui, de petite taille, aux yeux noirs perçants.

Le second garde se chargea de fournir des explications à Sainte-Croix :

– La place manque à la Bastille, monsieur, on y emprisonne beaucoup ces jours-ci, donc il vous faudra partager votre cellule. Ne vous plaignez point, il se trouve des cellules de gens de qualité où l'on enfourne par trois. Cela ne devrait pas durer plus de deux ou trois mois, les faits pour lesquels ce monsieur est incarcéré pourraient lui valoir d'être pendu quand il sera jugé.

– Mais moi, de la place, je suis prêt à en faire. Qu'on me libère, voilà tout !

– C'est que monsieur d'Aubray ne le voit pas de cet œil.

– Il n'a rien contre moi que la haine qu'il entretient sans cause. Avez-vous seulement eu vent d'une procédure ?

– Nous ne sommes que gardiens, monsieur.

– Et comme s'il ne suffisait pas de m'embastiller sans cause, on me colle un avorton pour réduire mon espace.

Puis s'adressant au nouveau venu, il lui désigna un angle de la cellule qui faisait comme une pièce.

– Mettez-vous là et n'en bougez pas, si vous ne voulez pas que j'applique moi-même la sentence qui vous est apparemment destinée.

Se retournant vers les deux gardes :

– Dites aux sbires du prévôt que m'infliger la présence d'un criminel dans ma cellule est comme un affront supplémentaire et irréparable, et que si vous ne m'en débarrassez pas avant dimanche, son jugement ne sera plus nécessaire.

Rien ne semblait pouvoir perturber le petit homme qui avança, son balluchon sur l'épaule, dans la direction indiquée par le prisonnier, non sans lui lancer au passage un regard de défi à la façon d'un criminel qui n'a plus rien à perdre.

Sainte-Croix se demanda alors si on ne lui avait pas flanqué cet assassin pour le supprimer, et faire passer l'incident pour une querelle de codétenus qui aurait mal tourné. Il en croyait le prévôt capable, maintenant que ses réflexions l'avaient mené à comprendre les vraies raisons de la haine de monsieur d'Aubray à son égard.

Il s'en voulait de ne pas avoir compris plus tôt. Il faut dire que, sur le sujet, il s'était contenté des dénégations de la marquise, basées sur une prétendue non-concordance de dates. Mais en prison il avait largement eu le temps de remonter le calendrier pour conclure que les dates coïncidaient bien et qu'il était sans aucun doute le père des enfants de madame de Brinvilliers, dont il était à l'époque le seul amant. C'était longtemps avant que la marquise ne prenne le chemin du libertinage et ne se plaise à butiner avec d'autres partenaires, lors de soirées le plus souvent contrôlées par lui-même. Des enfants, elle en avait attendu une dizaine d'autres, soit qu'elle avait avortés, soit qui étaient morts à la naissance ou en bas âge. Les deux qui restaient étaient bien les siens, qu'il n'avait évidemment aucune intention de revendiquer.

Le prévôt avait dû faire les mêmes calculs, et l'idée que sa fortune aille en dernier ressort aux héritiers de Sainte-Croix l'horrifiait certainement. Tout autant que la perspective de la voir dilapidée par la marquise et son amant après sa mort. Il n'est pas rare qu'une idée forte se fixe jusqu'à l'obsession, surtout lorsque les circonstances ne vous offrent rien pour vous en distraire. Sainte-Croix en vint à ne plus dormir, de peur d'être poignardé par l'avorton. Celui-ci s'en rendit compte et un matin, alors qu'il buvait son breuvage dans son coin, il lâcha avec son fort accent italien :

– Il suffit de vous voir, monsieur, pour savoir que vous avez été militaire. Mais vous vous méprenez sur les armes de l'adversaire présumé. Si j'en étais un, il ne me viendrait pas à l'idée de vous attaquer là où vous êtes fort. J'aurais un bien meilleur moyen, je vous empoisonnerais. On me prête une expertise dans ce domaine et c'est ce qui me vaut tous mes tracas.

– C'est-à-dire ? demanda Sainte-Croix toujours méfiant.

– On m'accuse d'avoir empoisonné le mari d'une comtesse dont j'étais l'apothicaire. Une dame italienne de grande qualité, mariée à un gentilhomme français beaucoup plus âgé qu'elle.

– On vous accuse d'avoir agi à la demande de la comtesse ?

– Non, de ma propre initiative. Mais l'autopsie n'a révélé aucune trace de poison. À vous voir, je me suis permis de fonder l'hypothèse selon laquelle vous redoutez qu'on cherche à vous assassiner en prison : avez-vous des raisons de craindre quelque chose ?

Sainte-Croix changea subitement d'attitude à l'égard de son compagnon d'infortune.

– Rapprochez-vous ! Venez boire à ma table.

14.

La marquise de Brinvilliers, ne pouvant se montrer à la Bastille de peur d'aggraver la colère de son père, y avait envoyé le valet de Sainte-Croix, La Chaussée, qui fut autorisé à voir son maître. Il s'en retourna ensuite chez elle, qu'il trouva au jardin jouant aux quilles avec son mari pendant qu'un peu plus loin, Briancourt jouait à cache-cache avec les enfants. Le précepteur profitait de cette proximité pour dévorer des yeux la marquise qui était, il faut bien le dire, particulièrement en beauté ce jour-là. La Chaussée s'approcha discrètement d'elle. Elle le fit attendre selon son bon plaisir avant de l'inviter à parler d'un geste.

– Mon maître est détenu dans des conditions qui ne sont ni celles de la noblesse ni celles du peuple.

– C'est-à-dire ?

– Il dispose d'un appartement de taille moyenne, mais il le partage avec un aventurier italien, avec lequel il semble s'être lié d'amitié.

– À la bonne heure.

– Il me fait dire qu'il n'entrevoit pas de terme raisonnable à sa détention, bien que votre père n'ait pas d'argument juridique pour le faire garder en prison. Et que vous lui manquez beaucoup, madame, comme monsieur d'ailleurs.

Gobelin en prit acte par un sourire.

– Il me fait dire aussi qu'il a bien reçu votre panier destiné à améliorer son ordinaire et vous en remercie.

– Très bien. Mais dites-moi, puisque vous êtes là, est-il visité par d'autres ?

– Il ne m'en a rien dit.

Elle se rapprocha assez près de La Chaussée pour n'être entendue que de lui.

– Mon ami, vous souvenez-vous qu'avant son incarcération il recevait d'autres dames que moi ?

La Chaussée, fidèle à son maître, hésita à répondre, de crainte de le trahir, puis, réalisant que sa situation tenait à la générosité de la marquise, se lâcha.

– Il y avait bien quelques dames, mais très passagères.

– Et de régulières ?

– Une peut-être.

– Qui ?

– Je ne sais si…

– Si, si…

– Une veuve, madame de Warnens, mais je dois dire à madame qu'elle n'avait pas, et de loin, les mêmes assiduités que (il se mit à chuchoter)… que vous, madame.

Madame de Brinvilliers était sur le point de retourner à son jeu quand La Chaussée la retint :

– Pardonnez-moi, madame, mais monsieur de Sainte-Croix a quelques nécessités d'argent.

– Décidément, je ne connais pas d'autre homme qui, nourri et logé en prison, ait encore besoin de liquidités. Il en veut pour quoi ? Améliorer son ordinaire ?

– J'ai bien peur, madame, que les sommes en jeu soient plus conséquentes.

– Mais pour quoi faire ?

– Monsieur de Sainte-Croix voudrait venir en aide à son codétenu qui apparemment risque la potence et mérite selon lui d'être défendu par un avocat de renommée.

La marquise resta un moment circonspecte.

– Sainte-Croix ? Solliciter de l'argent pour aider un codétenu ? On nous l'aura changé. De quoi est accusé cet homme ?

– D'empoisonnement, madame.

– Eh bien, je n'y comprends rien. Combien ?

– Cent livres.

– Quoi ? Cent livres pour aider un prisonnier ? Mais il est devenu fou…

– Justement, sachant que la somme pourrait vous paraître extravagante, il m'a proposé, si vous en aviez convenance, de vous conduire chez cette madame de Warnens, qui est en fonds, parce qu'elle est convoitée par un receveur général qui est prêt à tout pour elle.

Monsieur de Sainte-Croix pense que ce serait là une bonne occasion pour que vous vous rencontriez.

– J'en ai convenance.

Après avoir dit cela, la marquise s'éloigna pour de bon, pensive et joyeuse comme elle savait l'être, car en dehors de certains moments où elle semblait submergée par le désespoir, elle était femme à réjouir l'atmosphère.

La partie reprit sous l'œil de Briancourt, déçu de ne rien savoir de ce qui se tramait.

15.

Madame de Warnens paraissait bien seule et fragile sur les gradins de cet impressionnant jeu de paume. Elle fut rejointe par un valet qui lui apporta une collation.

On en était à ce point d'impécuniosité du royaume que le roi était allé jusqu'à créer une charge vénale réservée à celui qui devait lui remettre la raquette. Sa Majesté appréciait particulièrement ce jeu qui lui permettait de se dépenser comme à la chasse mais en milieu couvert. Nombre de gentilshommes qui n'avaient pas une inclination particulière pour l'effort physique s'employaient à imiter le roi en pratiquant régulièrement le jeu de paume, et Pennautier était de ceux-là. Mais d'une certaine façon, malgré les moyens considérables que lui donnait sa charge, il n'était qu'une miniature de Sa Majesté.

Voir une balle poussée d'un côté ou de l'autre d'un filet qui coupait le terrain par son milieu n'était pas un spectacle de nature à passionner la vicomtesse, mais elle n'avait pas décliné l'invitation, de peur de froisser son protecteur qui piaffait de lui montrer à quel point il excellait dans ce jeu. Pennautier se targuait de vouloir être un homme complet, pratiquant l'exercice autant pour son corps que pour son esprit, même si les médecins, inquiets des refroidissements qui suivaient ce genre d'effort, ne le recommandaient pas. Il manqua plusieurs balles que dans d'autres circonstances il n'eût pas ratées, victime de son amour de soi qui lui faisait regarder la vicomtesse le regarder comme si elle lui servait de miroir. Il n'était évidemment pas envisageable que Pennautier perde sa partie et pour le bonheur de la vicomtesse, il la gagna rapidement.

Le jeu terminé, ils montèrent dans la calèche du financier où se mélangèrent hardiment les effluves de transpiration et de parfum. Mais le parcours dura suffisamment peu de temps pour que la vicomtesse n'en souffrît pas trop, la sueur prenant progressivement le pas sur les essences de jasmin. Pennautier les fit arrêter devant chez lui et ils s'engouffrèrent dans son luxueux hôtel particulier, où était dressée dans la salle à manger une table pour dîner. Madame de Warnens fut surprise de n'y voir que deux couverts.

– Vous ne m'aviez pas parlé de plusieurs convives ?

– C'est que j'ai à vous entretenir de choses confidentielles. Et puis je me lasse de ces dîners où l'on parle beaucoup et où il ne se dit rien. Votre compagnie m'apaise et m'éclaire.

– Votre confiance m'honore.

– L'honneur n'y est pour rien, madame. J'ai pour vous, votre tempérance et votre sagesse une confiance innée. Et je sais que je n'aurai jamais à le regretter.

– En êtes-vous sûr ?

– Ce seraient certainement des illusions que vous m'enlèveriez là, et je vous en sais incapable. J'ai bien des défauts mais j'aime à ce qu'on m'accorde au moins une qualité, une certaine perspicacité à connaître les gens avant qu'ils ne se dévoilent complètement. Je n'ai pas d'exemple de m'être trompé dans mon jugement.

Ils s'assirent l'un en face de l'autre. Pennautier resta un moment silencieux avant de déclarer :

– Je ne vous ai pas invitée pour vous faire ma cour mais pour sceller une alliance qui va bien au-delà des sentiments galants.

– Vous semblez soucieux, mon ami.

– En votre présence, les soucis s'envolent comme une tourterelle des bois effrayée par un chat sauvage. Mais il est vrai que la situation me préoccupe. Je vous le dis en grand secret : Sa Majesté prépare la guerre.

– La guerre, mais avec qui, grands dieux ?

– La guerre avec la Hollande, madame. La réussite des Provinces-Unies fait de l'ombre à la grandeur du roi, et il entend les annexer simplement pour que leur succès ruisselle sur la France. Si monsieur Colbert a bien redressé les finances du royaume, il nous faut trouver des sommes considérables pour cette entreprise, et je n'ai pas le moyen d'augmenter l'impôt dans ma province sans risque qu'elle se soulève, ce que le roi ne me pardonnerait pas. Vous voyez dans quelle situation je me trouve.

Pennautier, en homme de son époque, ne s'attendait pas à ce qu'une femme manifeste une intelligence pour des intrigues de son point de vue purement masculines. Exprimer ses inquiétudes suffisait à l'en soulager, mais la vicomtesse ne l'entendait pas de cette oreille.

– Si vous voulez mon conseil, mon ami, prenez l'argent où il dort inutilement.

Pennautier eut un petit rire condescendant.

– Taxer la noblesse, vous n'y pensez pas.

– Non, je parle du clergé, du haut clergé. L'Église possède plus de biens et de rentes qu'elle n'en a la nécessité.

– Je vois ce que vous voulez dire, c'est aussi ce que Colbert m'a conseillé. Mais le haut clergé est issu de la grande noblesse et il faudrait être prudent à la manœuvre. Je dois absolument trouver cet argent. Mon crédit auprès de Sa Majesté en dépend, et connaissant ce qu'on dit de son caractère, il ne serait pas long à me faire sombrer dans des abîmes.

On en resta là sur le sujet qui préoccupait Pennautier au-delà de tous les autres. Il en vint naturellement à celui qui tenait la seconde place dans ses pensées, au moment où la vicomtesse se leva :

– Quand pourrai-je vous faire ma cour, madame ? dit-il en se rapprochant d'elle au point de la coller pour paraître éploré.

– Quand le deuil de mon mari se terminera. Si vous patientez, vos sentiments n'en seront que plus forts.

Le deuil, sous l'apparence du respect des défunts, avait une utilité essentielle : s'assurer, dans le cas d'une veuve, que la descendance qu'elle aurait pu mettre au monde dans les mois suivant le décès de son mari pouvait être sérieusement présumée de lui.

16.

Après que Briancourt eut fini d'instruire les enfants, ce qu'il faisait chaque matin avec sérieux, il fut mandé par Gobelin dans sa chambre. Le marquis se présenta à lui tout habillé, lisant à une table une de ces gazettes qui faisaient écho aux mondanités les plus remarquables de la capitale. C'était là une des distractions de ses journées qui s'étiraient inexorablement, pour se répéter continuellement, jusqu'à ce qu'un jour une autorité supérieure décide d'y mettre fin. Gobelin avait la mélancolie des débauchés, aggravée par cette vieille blessure qui l'empêchait d'être comme il l'aurait souhaité.

Briancourt entra et Gobelin le détailla silencieusement.

– Vous voilà parmi nous depuis plusieurs semaines et je me demandais si vous vous plaisiez en notre compagnie...

Le précepteur répondit sans hésiter :

– Je me plais, monsieur.

– Vous nous plaisez aussi, à la marquise comme à moi, mais ni l'un ni l'autre ne parvenons vraiment à vous saisir.

Le jeune homme n'avait rien à répondre à cela.

On entendit, dans le lointain, madame de Brinvilliers chanter gaiement.

– Rapportez-vous au prévôt qui vous a placé près de nous ?

– Je ne l'ai pas revu depuis que j'ai pris mon service.

– Que lui direz-vous quand vous le verrez ?

– Euh… Rien.

– Approchez !

Quand le jeune homme fut assez près de lui, il lui saisit la main et se mit à en caresser le dessus.

– Lui direz-vous que vous êtes amoureux de la marquise ?

Tout en le caressant plus franchement et en se rapprochant d'autres parties de son anatomie, plus intimes, il ajouta :

– Lui direz-vous que, malgré votre inclination pour elle, vous n'êtes certainement pas insensible à d'autres pratiques ? Je me trompe ?

Alors que Gobelin commençait à défaire la culotte d'un Briancourt tétanisé, la marquise entra brusquement, après avoir frappé. Voyant la scène, elle lâcha :

– Je vois que j'arrive à temps, pardonnez-moi, mon cher, j'emmène Briancourt chez l'étuvier.

Fort développées au Moyen Âge, les étuves, établissements de bains, avaient été progressivement fermées par l'Église, choquée par la nudité qui s'y étalait souvent sans distinction des sexes, et parce que, plus généralement, elle considérait l'eau comme pernicieuse, cachant derrière sa limpidité les maladies les plus mortelles et les plus contagieuses. Il en restait deux dans Paris, l'une réservée aux dames, rue Saint-André-des-Arts, l'autre à l'aristocratie.

Arrivés chez Prud'homme, le célèbre étuvier de la rue Neuve-Montmartre, la marquise lâcha quelques pièces pour se débarrasser de la jeune femme qui se proposait de l'assister pour son bain. Elle ordonna qu'on referme la porte sur elle et Briancourt, ce qu'on fit sans broncher. Dans cette atmosphère de vapeur d'eau, on n'y voyait pas à dix pieds. La marquise demanda au précepteur de l'aider à défaire sa robe lacée dans le dos, ce qu'il fit assez maladroitement, pétrifié par les circonstances. Elle finit de se déshabiller elle-même en laissant progressivement tomber ses vêtements sur le sol humide. Puis, complètement nue, elle se dirigea vers la grande baignoire en bois qui trônait dans la pièce embuée, dans laquelle elle s'enfonça délicieusement. Une fois installée, elle fit signe à Briancourt de se dévêtir pour la rejoindre, ordre qu'il exécuta en apnée. Une fois qu'il fut dans le bain, la marquise l'embrassa sur la bouche puis, après l'avoir lavé, se servit de lui comme pouvait le faire une femme de son tempérament privée de Sainte-Croix depuis des semaines.

17.

La marquise de Brinvilliers avait diligenté La Chaussée auprès de madame de Warnens pour lui proposer de passer la voir le lendemain, et la vicomtesse lui avait répondu qu'elle en serait ravie. À l'heure convenue, la marquise se rendit dans le modeste hôtel particulier qui donnait sur une place adossée à un jardin, comme on en voyait de plus en plus souvent dans Paris. Si on n'aimait pas vraiment la nature quand, sauvage, elle était soupçonnée de tous les dangers, la mode lancée par le roi poussait à sa domestication par des alignements charmants. Le lieu semblait surnaturel de calme et de propreté alors qu'à quelques pas de là, on jetait le produit des pots de chambre dans la rigole, où les passants masculins se plaisaient à pisser debout, les jambes écartées.

Alors que l'époque était aux débordements d'une décoration chargée, excessive, parfois grotesque, l'hôtel particulier de madame de Warnens détonnait par une sobriété qui aurait pu paraître suspecte à certains. Ce dépouillement agrandissait l'espace de la maison, qu'une personne mal intentionnée aurait qualifiée à première vue de protestante. D'ailleurs, nulle part on ne voyait de ces christs en majesté, dorés à la feuille, qui s'imposaient aux regards de tous chez les dévots, pressés d'afficher une foi faite essentiellement de superstitions. Les volumes eux-mêmes étaient raisonnables. La maison était toutefois dotée d'un escalier majestueux qui grimpait à l'étage où se trouvaient deux pièces de réception de bonne taille.

À l'annonce de sa visiteuse, madame de Warnens s'était levée pour l'accueillir. Elle l'attendait les mains posées devant elle, l'une sur l'autre. Jamais deux femmes qui partageaient le même homme n'eurent un abord si enthousiaste et si plein de cordialité, sans aucune mauvaise arrière-pensée.

– La belle maison que vous avez là, madame, et si discrètement nichée dans un quartier qui ne cesse de se transformer !

– Je la tiens de mon défunt mari.

– On me l'a dit. Le mien n'est pas plus gênant car imaginez-vous qu'il préfère les hommes. C'est bien commode, n'est-ce pas, d'être dispensée du devoir conjugal ?

Madame de Warnens sourit à cette entrée en matière pour le moins directe, comme la marquise savait le faire. Celle-ci poursuivit, toujours souriante et séductrice :

– Mais je ne suis pas venue pour vous entretenir de nos maris. Plutôt de… d'un ami commun. Vous savez que monsieur de Sainte-Croix a été embastillé ?

– Je me demandais pourquoi il ne donnait pas de nouvelles puis je me suis rappelé avoir croisé des gardes venus l'arrêter. En vérité, je l'espérais enfui. Que lui reproche-t-on ?

– Comme vous le savez, mon père est le prévôt de Paris. Il l'a fait enfermer pour des dettes qu'il aurait à mon endroit. C'est un stratagème pour l'éloigner de moi. Je lui ai donné de l'argent à l'occasion mais il n'a jamais été question qu'il me le rembourse. D'ailleurs, si je suis ici aujourd'hui, c'est pour vous demander un service. Il faudrait lui remettre une somme d'argent que je ne pourrais lui donner moi-même sans éveiller la suspicion de mon père. C'est une somme assez importante pour que je ne la confie pas à un valet, il la trouverait suffisamment confortable pour s'évanouir avec. Je ne peux compter que sur vous, madame.

Madame de Warnens la regarda longuement, comme si elle essayait de percer à jour la femme qui se dissimulait en elle, mais elle cessa son examen, probablement éblouie par le charme de la marquise. La voyant égarée dans ses pensées, celle-ci ajouta :

– Comme il n'est jamais bon de transporter un argent dont on ne connaît pas l'utilisation, sachez que Sainte-Croix s'est mis en tête d'aider son codétenu en payant un avocat qui devra lui éviter la peine de mort. Un empoisonneur.

– Vous savez pourquoi il fait cela ?

– Je serais étonnée que ce soit par charité.

La marquise déposa discrètement la bourse sur un guéridon.

– Avant de partir, je voulais vous faire une confidence. Il ne m'a jamais parlé de vous, mais mon intuition me disait que vous existiez et que nous partagions quelque chose.

– Ce quelque chose est peut-être une certaine lucidité sur les hommes et leur utilité. Sainte-Croix est le pire d'entre eux mais il ne s'en cache pas, c'est probablement ce qui le rend attachant.

– En attendant de trouver mieux.

Le silence s'engouffra alors dans la conversation et la laissa durablement suspendue aux regards, subitement complices, des deux nouvelles amies.

Elles restèrent ensuite à se sourire, un sourire qui offrait de larges perspectives.

18.

Le parloir de la Bastille était arrangé comme un confessionnal. Les prisonniers les moins dangereux et ceux qui avaient le moins indisposé le roi étaient autorisés à y recevoir une relation, à condition qu'ils acceptent d'être fouillés avant de rejoindre leur cellule, ce que peu d'aristocrates toléraient, jugeant inconvenant qu'un gardien issu de la plèbe puisse leur palper l'intérieur des bras et des jambes. Mais Sainte-Croix n'en avait que faire et pour peu qu'on entre dans la peinture animalière, il était comme le taureau qu'on mène à la saillie. La présence de madame de Warnens galvanisait le libertin qui n'avait croisé aucune femme depuis plusieurs semaines, au point de se demander si elles n'étaient pas un produit de son imagination. La vicomtesse se tenait devant lui, assise dans le grand manteau noir qui l'entourait.

– Il m'a fallu compter sur la marquise de Brinvilliers pour savoir où vous vous trouviez. J'ai craint un moment que vous ne soyez parti pour l'étranger vous vendre pour la guerre.

– Non, ma chère, je me suis laissé cueillir, pensant que la farce ne durerait pas longtemps, mais elle s'éternise, ne faisant que renforcer ma haine pour ce vieux prévôt qui veut me punir d'avoir engrossé sa fille. Dans l'état où est son mari, je suis bien placé pour le savoir, il fallait quelqu'un pour se dévouer, sans quoi le vieux serait sans descendance. Car il a aussi deux fils, l'un stérile comme un castrat, l'autre dont la femme l'est, à ce que j'ai cru comprendre. J'ai rendu service à une famille menacée de s'éteindre, et voilà comment on me récompense.

– La marquise m'a chargée de vous remettre cette bourse. La prison vous aura changé ? Vous voilà défenseur des causes perdues ?

– C'est plus compliqué que cela. J'ai une occasion qui ne se représentera pas, j'aime autant la saisir.

Il lui dit brusquement :

– Votre parfum m'enivre, s'il ne tenait qu'à moi…

La vicomtesse se leva et se collant au mur :

– Il ne tient qu'à vous, mon ami, seulement ce n'est ni le bon lieu ni les bonnes circonstances.

Sainte-Croix se rapprocha d'elle.

– Mais un baiser peut-être.

Madame de Warnens se laissa embrasser vigoureusement mais quand les mains de Sainte-Croix commencèrent à se perdre dans ses doublures, elle appela le garde qui mit fin à l'entretien.

L'Italien comptait les pièces une à une. Il fit deux tas et Sainte-Croix s'en étonna.

– Celui-ci est pour l'avoué qui doit me sauver du gibet, celui-là est pour améliorer l'ordinaire de cette prison car, n'étant pas homme de qualité comme vous, vous aurez remarqué qu'on me sert la pitance des gardiens. En contrepartie, je vais vous transmettre toutes mes connaissances d'apothicaire. Elles permettent aussi bien de sauver des vies que d'en abréger d'autres, sans laisser de traces comme les vulgaires empoisonneurs en ont la triste habitude.

Il baissa d'un ton.

– À vous de choisir, mais quelque chose me dit que les leçons sur les poisons présentent plus d'intérêt pour vous que celles sur les remèdes. Nous ferons tout de même les deux, on ne sait jamais ce que l'avenir nous réserve. Les plus grands empoisonneurs sont aussi les plus ardents à sauver ceux qu'ils aiment, il y a en eux une part du divin, qui décide seul de laisser la vie ou de la reprendre. C'est pour cette raison d'ailleurs que l'on veut m'étrangler. Personne n'a aucune preuve contre moi mais on me voit comme un sorcier pourvu de pouvoirs que d'autres voudraient se réserver. Commençons, car dans un mois je ne pourrai peut-être plus assurer mes cours.

19.

Une heure plus tôt qu'à l'habitude, le précepteur proposa aux enfants d'en rester là pour la journée. Ni l'un ni l'autre ne se firent prier et ils sautèrent de leur siège comme des cabris libérés de leurs entraves. Alors qu'il s'apprêtait à sortir, Briancourt croisa la marquise qui, à peine réveillée, déambulait dans les couloirs de l'hôtel particulier. Plus par réflexe que par véritable intérêt, elle lui demanda où il se dirigeait. Il répondit qu'il se rendait chez le prévôt son père.

– Pour faire votre rapport…

– En quelque sorte.

Elle se rapprocha de lui puis lui pinça le nez.

– Faites en sorte de l'endormir, je peux vous faire confiance ?

– Oui, madame.

De fait, elle lui faisait confiance, ne s'imaginant pas qu'après leurs ébats le jeune homme ne pencherait pas de leur côté. Mais pour s'assurer son dévouement, elle lui posa un baiser sur la bouche qui le fit rougir, parce qu'une servante passait à ce moment-là dans le dos de la marquise, qui ne se cachait jamais de rien.

Le précepteur parti, elle se dirigea vers les appartements de son mari, qu'elle trouva penché sur un bureau.

– Que faites-vous donc de si bonne heure ?

Gobelin, en robe de chambre, se recula dans son fauteuil et porta à sa bouche une tasse remplie d'un breuvage dont les effluves intriguèrent sa femme :

– Qu'est-ce que cela, mon ami ?

– Une boisson qui fait fureur.

– Qui s'appelle ?

– Le café. Il décuple l'énergie.

– Et le désir ?

Gobelin eut l'air hésitant.

– Buvez-en et vous le saurez, mais vous connaissant… Ma chère, pour l'heure, je fais les comptes.

– Et ?

– Ils ne sont pas bons. La recette n'est pas au niveau de la dépense, et aider Sainte-Croix comme nous le faisons ne fait que creuser le déficit. Notre capital est entamé, d'autant que le produit de nos fermes a chuté cette année. La sécheresse a ravagé nos terres cet été et il reste à peine de quoi nourrir ceux qui l'ont travaillée. Il va nous falloir réduire considérablement nos frais, sans quoi nous allons sombrer irrémédiablement.

– Réduire nos dépenses ? Vous n'y pensez pas. Pour que l'ennui tombe sur nous comme la vérole sur le peuple ? Oubliez cela.

– Que faire alors ?

– Je n'en sais rien et il est trop tôt pour faire travailler mon esprit, mon ami. Nous verrons cela un autre jour.

– Une chose est certaine, qu'il vous faut savoir, c'est qu'à ce train-là, dans moins d'une demi-année, nous serons en faillite.

– La chute de la maison Gobelin ! En voilà un beau titre pour les gazettes, et qui ferait frémir mon père. Qui dit que nous serons encore vivants dans un an ? La mort ne se vit pas, monsieur, la vie oui.

Le vaste bureau du prévôt donnait sur la place du Châtelet où un vent d'est s'amusait à soulever les feuilles mortes. En face du vieil homme, qui approchait des soixante-dix ans – âge canonique mais plus fréquent qu'on ne le pense –, Briancourt se tenait droit, son chapeau entre les mains. Monsieur d'Aubray, son employeur, l'avait convoqué pour qu'il lui fasse son rapport mensuel. Le précepteur s'efforçait de ne pas bégayer, ce qui lui donnait un débit d'une surprenante lenteur, comme s'il cherchait à décomposer chaque mot :

– Madame la marquise semble être complètement revenue de monsieur de Sainte-Croix. Elle en parle volontiers comme d'un profiteur dont les dettes l'ont logiquement conduit en prison.

D'Aubray opina en signe de satisfaction.

– A-t-elle repris le chemin de l'église ?

– Oui, monsieur.

– Assidûment ?

– Elle va à la confession une fois la semaine et communie le dimanche. Et elle donne aux bonnes œuvres.

Un homme au regard insistant, qui disait à quel point il n'était pas porté sur la confiance, scrutait Briancourt sans rien dire. Il était placé sur le côté dans un renfoncement de la pièce. Le prévôt l'interrogea des yeux. Le lieutenant général de la police, monsieur de La Reynie, répondit :

– Nous ne pouvons le garder plus longtemps en détention sans procès ou sans lettre de cachet du roi…

Monsieur d'Aubray acquiesça :

– Un procès révélerait certainement au public les largesses excessives de ma fille à son égard.

Puis il conclut :

– Bien, merci, monsieur Briancourt. Si vous le voyez fureter autour de ma fille, prévenez-moi, nous trouverons un moyen plus définitif de l'éloigner.

Le précepteur quitta le Châtelet avec le sentiment de mériter plus que jamais les faveurs de la marquise, sans penser une seconde que le retour de Sainte-Croix risquait de l'écarter de cette femme qui l'avait dépucelé dans une étuve bouillante. Ses sens ne parvenaient pas à s'en remettre. Ils altéraient son jugement au point qu'il s'imaginait avoir assez d'emprise sur elle pour devenir son amant attitré.

20.

Qu'un maître étreigne son valet n'était pas chose ordinaire. La Chaussée en eut les larmes aux yeux quand Sainte-Croix le serra dans ses bras comme un vieux compagnon d'armes. Il fit le tour de sa maison qui était restée dans l'état où il l'avait quittée.

– J'espère que vous ne m'en tiendrez pas rigueur, monsieur, mais après votre départ, la marquise m'a recueilli chez elle puis m'a trouvé de l'emploi.

– Ah bon ? Mais chez qui donc ?

– Chez son père.

– Son père ? Mais ils se détestent. Comment a-t-elle pu te recommander ?

– Grâce à un intermédiaire. Elle m'a fait passer pour un ancien domestique de madame de Warnens qui, du fait de la mort précipitée de son mari, devait se soulager d'un valet.

– Quelles femmes !

Il se mit à rire de nouveau à gorge déployée. Quand il fut calmé, il demanda :

– Donc tu espionnes le père pour le compte de la fille ?

– C'est cela, monsieur.

– Mais d'Aubray n'a pas de valet ?

– Il est tombé malade de la variole avant d'en mourir. Et comme je l'ai déjà eue, le prévôt n'a pas hésité à m'embaucher. Mais si vous souhaitez que je revienne auprès de vous…

– Certainement pas, mon cher, c'est la providence qui t'a installé chez d'Aubray. Sache que tu me serviras encore mieux là-bas qu'ici. J'ai de grands projets pour toi. Je t'en parlerai plus tard. Sache aussi que si tu te dévoues sans réserve pour moi, viendra le jour où je t'achèterai une charge.

La Chaussée n'en revenait pas.

– Une charge, monsieur ?

– Oui, une charge.

La Chaussée aurait sauté de joie à cette perspective si son rang inférieur ne l'avait pas retenu en place. Le capitaine lui sourit :

– Au fait, qu'as-tu entendu sur la marquise chez son père ?

– J'ai entendu à plusieurs reprises monsieur d'Aubray dire à ses fils que la marquise vivait sur un train tel que sa dot ne suffirait bientôt plus.

– C'est bien triste, ce que tu me dis, moi qui comptais sur elle pour me renflouer.

– J'ai aussi entendu que le prévôt réfléchit à faire annuler son mariage avec monsieur Gobelin, arguant que celui-ci n'a pas été consommé et que les enfants du couple sont des bâtards.

– Je vois… Je vois. L'as-tu dit à la marquise et à son mari ?

– Oui, monsieur. J'ai mal fait ?

– Mais non, pas du tout. S'il te reste un peu de temps avant de reprendre ton service chez d'Aubray, j'aimerais que tu fasses une course pour moi. Voilà une liste d'ingrédients et de personnes chez qui tu vas te les procurer. Elles te feront crédit.

– En êtes-vous certain ?

Sainte-Croix eut ce regard menaçant qui ne cachait pas grand-chose de ses intentions.

– Certain. Sinon, dis-leur que je viendrai moi-même.

De retour du Châtelet, Briancourt se sentait tout auréolé de l'ascendant qu'il était parvenu à prendre sur la vérité, tellement plus encombrante que le mensonge qu'il avait distillé au prévôt avec plus de naturel qu'un comédien. Il se faisait une joie de l'annoncer à madame de Brinvilliers, quand il croisa Gobelin dont l'humeur s'était gâtée à la lecture des comptes qu'il avait triturés dans tous les sens sans pouvoir en tirer un denier de plus. L'inquiétude n'était pas dans son caractère mais il se sentait contrarié à l'idée de ne pouvoir continuer à vivre sur un train généreux, où l'insouciance primait sur toute autre considération.

– Savez-vous où est la marquise ? demanda-t-il.

Il la cherchait pour savoir si, malgré ses révélations sur leur santé financière, elle conservait l'idée d'organiser une fête pour le retour de Sainte-Croix, ce qu'il espérait au fond de lui malgré la catastrophe qui se profilait.

– Je n'en ai aucune idée, monsieur…

– Je vous croyais son confident… même plus encore. Je pense qu'elle a filé chez Sainte-Croix qui vient d'être libéré, vous ne pensez pas ?

Briancourt reçut la nouvelle avec amertume. Elle lui gâchait la belle humeur qui s'était construite autour de son exploit du jour.

– Je ne sais vraiment pas, monsieur. Je l'ai vue la dernière fois quand je quittais la maison. Et j'ai passé le reste de la journée chez un oncle où l'on m'a appelé, pensant qu'il allait rendre l'âme.

– Elle cherche à me rendre jaloux. Je ne peux plus recevoir mon vieil ami chez nous, alors elle en profite seule désormais. J'ai fait nombre de campagnes avec Sainte-Croix à la guerre. En une occasion il m'a sauvé la vie, et le lien qui nous unit, personne ne peut le distendre. Savez-vous que, maintenant qu'il est reparu, vous allez à votre tour vous évaporer dans l'esprit de la marquise ? Elle est ainsi faite, inconstante, versatile, un chat de gouttière en quelque sorte, mais j'ai grande affection pour elle…

Il se rapprocha de Briancourt jusqu'à lui infliger l'haleine de quelqu'un qui, comme bien des gens de son époque, ne se lavait pas les dents et se contentait de sucer des bonbons à l'anis, qui ne pouvaient pas tout pour restaurer la fraîcheur.

21.

Sainte-Croix entendit frapper à la porte dérobée qui donnait, après de longs escaliers étroits, sur une petite rue mal fréquentée. Très peu de personnes de son entourage connaissaient cette issue secrète, indispensable à la tranquillité d'un homme qui vivait en funambule, risquant à chaque instant de tomber du mauvais côté de la corde, celui que la justice réprimait. Il ne vivait pas véritablement en hors-la-loi mais en marge de la loi, avec laquelle il gardait un contact distant. La réclusion qui venait de lui être infligée sans motif valable – pour preuve, ils avaient été obligés de le relâcher – lui apparaissait comme une odieuse injustice qu'il s'était promis de venger chaque jour de son enfermement. Cette colère n'était pas atténuée par le bénéfice qu'il avait tiré de cet emprisonnement qui, pour la première fois de sa vie, lui avait appris bien plus que le maniement des armes auquel sa carrière l'avait réduit. Conscient que le mal que l'on fait n'appelle pas toujours une réponse immédiate, mais que celle-ci peut survenir au moment où on ne l'attend plus, il se saisit de sa rapière qu'il sortit de son fourreau et ouvrit la lourde porte en chêne en se cachant derrière. Une femme apparut, impossible à reconnaître avant qu'elle n'ait baissé la capuche qui lui tombait sur le visage. La relevant, elle s'exclama :

– En voilà une façon de m'accueillir, vous avez tant d'ennemis que cela ?

La Brinvilliers était radieuse. Elle colla un baiser sur la joue de Sainte-Croix tout en se défaisant :

– Vous m'avez manqué, monsieur. Je ne sais pas ce que j'ai le plus regretté : votre air désabusé sur les choses et les gens, ou votre cynisme.

– Rien d'autre ? demanda-t-il en essayant de l'enlacer, ce à quoi elle échappa vivement.

– Vous croyez vraiment que c'est cette idée qui vient quand on pense à vous ? Vous valez mieux que cela.

– Est-ce à dire que vous avez trouvé des compensations ? Car je connais votre ardeur et je l'imagine mal se contenter de souvenirs.

– Vous croyez vraiment ? Eh bien, oui, vous avez raison, je ne me suis pas privée, sans m'enivrer non plus.

– Qui ?

– Et puis quoi encore ?

Tout en parlant, la curiosité de la marquise semblait attirée par ce que révélait une pièce restée ouverte.

– Qu'est-ce là ?

– Mon laboratoire.

S'avançant :

– Vous voilà alchimiste ? Vous allez convertir le métal en or ?

– Non, plutôt apothicaire. Mon codétenu m'a livré bien des secrets pour aider à la vie…

– Comme à la mort, si j'en crois ce qu'on lui reproche.

– Reprochait… Il a été pendu.

– C'est lui qui vous a fait don de tout ce matériel ?

– Don n'est pas le mot exact. Disons que l'argent que vous m'avez fait passer par madame de Warnens a servi à ces instruments, en plus de son savoir.

– Je suis bien heureuse que vous vous soyez découvert une passion. Mais monter l'escalier m'a donné soif. Me permettrez-vous de m'asseoir… ?

Le couple pénétra dans le salon où régnait un désordre indescriptible.

– Quel bonheur !

– Quoi ?

– Tout ce fatras. J'ai toujours pensé que les gens les plus ordonnés étaient ceux qui souffraient des plus grands désordres intérieurs. À boire…

Pendant que Sainte-Croix partait chercher une bouteille de vin, la Brinvilliers se laissa aller dans le canapé où elle avait réussi à se faire une place. Quand il revint, elle le saisit sans détour.

– Me voilà de nouveau enceinte.

Sainte-Croix ne sourcilla pas et servit la marquise.

– Et de qui, grands dieux ?

– De vous.

– En êtes-vous certaine ?

– Encore plus que pour les deux premiers.

– Vous devriez l'enlever, à quoi bon un bâtard de plus, même s'il sert le nom de mon ami ? Qu'en pense-t-il ?

– Il n'en pense rien. Je ne me souviens même pas de lui en avoir parlé.

– Ce serait un sujet à raviver la colère de votre père contre vous et moi. N'en avez-vous pas déjà enlevé plusieurs ?

– Oh oui, je sais faire. Des bâtards qui survivent, des bâtards qui ne voient pas le jour, pour sûr, je sais tout faire.

Elle sombra subitement dans la tristesse de la résignation.

– Eh bien, je vais l'enlever.

Sainte-Croix jugea qu'il était temps de changer de sujet.

– Je voulais vous remercier pour ce que vous avez fait pour mon valet La Chaussée.

La Brinvilliers évacua ses remerciements d'un geste de la main.

– Mon père me fait espionner, j'en fais autant, nous voilà quittes.

Après avoir bu son verre d'un trait, elle se releva aussitôt, sortit une bourse de sa robe et la posa sur le meuble le plus proche.

– Je vous croyais dans la gêne.

– Qui vous a dit ça ?

– La Chaussée a entendu de votre père que vous finirez l'année en faillite. Mais je vais empêcher cela.

– Allons bon… Et comment ?

– J'ai mon idée, et de juteuses affaires en perspective.

– En rallongeant la vie des vieilles dames avec des baumes parfumés et des décoctions de votre confection ? Bon, je repars par le même chemin. En tout cas, mercredi nous offrons une fête à la maison en l'honneur de votre retour.

– J'en suis très touché.

– J'ai invité madame de Warnens que j'ai rencontrée grâce à vous. Vous avez très bon goût, je l'ai trouvée tellement ravissante et charmante que j'en ai oublié d'être jalouse.

Sainte-Croix se colla à la marquise, qui le repoussa sans violence.

– Je ne suis pas d'humeur, mon ami, la perspective de passer entre les mains d'une faiseuse d'anges n'excite pas mes sens.

Puis elle s'en alla comme elle était venue, laissant Sainte-Croix à l'installation de son laboratoire qu'il prenait très au sérieux, comme si une nouvelle vie s'ouvrait à lui.

22.

Les Gobelin avaient organisé cette fête comme s'il s'agissait de la dernière, avec la force du désespoir de ne bientôt plus tenir leur rang dans une société où l'oisiveté était hors de prix. Déjà cette semaine-là, il s'était présenté plus d'huissiers que d'ordinaire et, pour s'en sortir, il avait fallu que le couple se livre à une cavalerie de billets à ordre et de lettres de change avec la complicité de quelques amis de débauche mis dans la confidence. Les murs porteurs de la maison Gobelin se fissuraient, il ne faisait aucun doute que même en économisant, elle allait devoir faire face à l'humiliation de la faillite. La dot de la marquise était épuisée, et il ne fallait pas être grand clerc pour comprendre qu'avant quelques semaines, le couple ne serait plus en mesure de payer ses créanciers, qui tournaient désormais autour d'eux comme les corvidés sur la dépouille d'un animal passé sous les roues d'un carrosse.

Cette fête pour le retour de Sainte-Croix était donc surtout celle d'un adieu au monde, mais aucun des convives n'en avait conscience. Les invités partageaient la même indignation pour la détention arbitraire du capitaine, qui faisait l'objet de force questions pendant le souper assis, où l'on parlait et riait fort. La précarité de la vie d'un détenu noble à qui on imposait la détention était un sujet de grand intérêt, pour les dames présentes en particulier, et que le prévôt ait pu infliger pareil châtiment à un aristocrate lui valait la réprobation générale.

Dans cette petite société, on admettait que quelqu'un de bien né puisse être incarcéré à la seule condition qu'il ait tué de mauvaise manière ou qu'il ait conspiré contre le roi. En dehors de ces deux cas, il ne pouvait s'agir que d'une atteinte intolérable à l'impunité des gens de qualité ; en agissant ainsi, a fortiori sans décision de justice, le prévôt avait heurté bien des principes. Les seuls auxquels ces libertins étaient attachés.

Les verres n'étaient pas disposés sur la table mais sur une desserte tenue par un valet auquel il suffisait de faire un signe pour être servi. Il était d'usage que le verre soit bu d'une traite sans être reposé sur la table. Les petites gorgées successives et le verre placé devant soi étaient réservés aux gens ordinaires. Il en résultait que l'ivresse montait rapidement parmi les convives. Après deux ou trois coupes ingurgitées cul sec, la conversation n'en était que plus passionnée et, il faut bien le dire, désordonnée.

Étaient assis l'un à côté de l'autre Sainte-Croix, à la santé duquel plusieurs toasts avaient déjà été portés, et madame de Warnens, qui se laissait prendre par l'atmosphère de folle gaieté sans y succomber complètement. C'était opportun car Sainte-Croix essayait, dans le brouhaha ambiant, de l'entretenir de quelque affaire sérieuse. Leur discussion, sans être interrompue, était ponctuée d'échanges de regards complices entre la vicomtesse et la maîtresse de maison.

– J'ai bien employé l'argent que vous m'avez porté de bonne grâce. Il n'a pas suffi à sauver mon codétenu de la potence mais il m'a permis d'acquérir son savoir, qui me donne l'occasion d'envisager quelques entreprises.

– Dans quel domaine ?

– Celui des successions. Il s'agit simplement de les accélérer. Tant de nos contemporains sont persuadés que la vraie vie, le paradis, n'est pas ici mais dans l'au-delà, que nous aurions mauvaise grâce à ne pas favoriser leur voyage. J'ai pour cela la formule de l'arme absolue. Un poison indétectable, dont les effets sont différés. Il ne laisse aucune trace à l'autopsie. J'envisage de procéder à ma première expérience dans les jours qui viennent.

– Mais sur qui ?

– Souffrez que je garde l'anonymat de mes victimes. En revanche, je ne travaillerai pas seulement pour moi et je suis disposé à mettre mes nouvelles compétences à votre profit si vous en avez besoin pour vos activités secrètes.

La Warnens resta de marbre, mais la proposition ne tomba pas dans l'oreille d'une sourde. Elle ne croyait pas au hasard et soudainement son visage s'illumina des perspectives abyssales que Sainte-Croix avait fait naître dans son esprit.

Après le souper, on joua aux cartes. Différentes tables avaient été installées suivant les jeux et celle de Gobelin accueillait les plus grosses mises. Hommes et femmes s'y mélangeaient sans façon. La loterie battait son plein dans la pièce d'à côté, où la marquise, aidée du comte de Charenson, essayait, comme lors de la dernière fête qu'elle avait organisée, de récupérer par la tombola une partie des dépenses engagées pour cette soirée.

Quand les invités disparurent les uns après les autres, Sainte-Croix, à qui son ami Gobelin avait encore prêté de l'argent pour faire bonne figure, chercha les deux femmes qui lui étaient les plus proches. Il fit le tour des chambres où s'étaient installés des couples de circonstance, mais les deux femmes demeuraient introuvables. C'est finalement dans une pièce au fond d'un couloir qu'il les découvrit enlacées. Son premier réflexe fut de s'approcher d'elles mais elles lui firent signe que sa présence n'était pas désirée. En ressortant, il croisa Briancourt qui voulait voir la Brinvilliers. Il lui lança alors d'un air désabusé :

– Si c'est la marquise que vous cherchez, monsieur, je crains qu'elle n'ait fait le deuil de notre genre.

Sainte-Croix l'avait dit d'un ton qui excluait que la relation entre les deux femmes ne soit qu'une passade, comme il était fort courant d'en avoir dans ces soirées, une aventure poussée dans l'oubli par le petit matin et la légère honte qui leur était associée.

23.

Le lendemain matin précisément, la vicomtesse de Warnens eut le sentiment confus de ne plus très bien savoir où elle en était. Elle s'était laissée aller avec la marquise avec beaucoup plus de facilité que son rôle d'espionne ne l'exigeait. Pénétrer l'intimité de la marquise, c'était se rapprocher du prévôt, quelles que fussent les relations de ces deux-là, et c'était l'espoir d'en savoir plus sur les intentions du roi envers les protestants. De ce point de vue, elle était parfaitement dans sa mission. Le roi lui-même goûtait depuis longtemps les joies de la chair et du libertinage mais elle savait que les personnes les plus promptes à célébrer le présent et ses plaisirs sont parfois les plus vulnérables aux revirements brutaux vers la foi, dans l'espoir de leur rédemption. Louis XIV était d'une nature excessive. On pouvait s'attendre à ce qu'il échange sans sourciller la rémission de ses péchés contre l'extermination de la dissidence réformatrice, en s'appuyant sur le souhait du clergé d'en finir avec ces parpaillots, ces immondes redresseurs de torts. Le « À Dieu seul la gloire » qui ornait les maisons protestantes suffisait à indisposer ce roi qui voulait garder la gloire pour lui-même. Lui qui avait connu les affres d'une interminable guerre civile avec la Fronde n'était pas près de recommencer. Aussi les réformés s'attendaient-ils à une nouvelle Saint-Barthélemy, une action rapide, sanglante, fondée sur la sidération d'une population endormie par l'édit de Nantes. Ce traité avait consacré une liberté de culte qui n'était pas tout à fait réelle, le clergé s'employant à miner cet accord de paix.

Un siècle s'était écoulé depuis qu'à l'occasion du mariage de la reine Margot avec le futur Henri IV la Seine avait coulé rouge du sang des huguenots. Mais rien n'était vraiment apaisé. La société protestante vivait dans la crainte d'être massivement boutée hors des frontières, de vivre un exode sans précédent dans l'histoire du pays. La monarchie absolue ne pouvait s'appuyer sur deux religions vénérant le même Dieu, d'autant que les protestants ne cachaient pas leurs sympathies républicaines.

Madame de Warnens concevait pour le roi une haine aussi sourde que constante et aucune barrière morale ne pouvait résister à celle-ci. Mais n'étant pas de nature à se mentir, elle savait que sa relation à la marquise dépassait le cadre du devoir pour se perdre dans une nébuleuse amoureuse que l'esprit des temps récusait officieusement – tout en la tolérant largement en coulisse. Ce qui s'était passé cette nuit-là suffisait à expliquer qu'elle n'ait jamais été capable d'aimer un homme, même si, ayant épousé un vieillard, elle avait cédé à certains pour se distraire. Les deux femmes s'étaient révélées l'une à l'autre, comme si le fait d'être la maîtresse du même homme avait soudainement déclenché leur aversion pour ce sexe et sa manie de l'engrossement.

Ces réflexions traversaient l'esprit, d'une rare finesse, de madame de Warnens, tandis que défilaient devant elle les paysages de la ville qui finit et de la campagne qui débute. Elle avait hésité à se faire porter pâle à l'invitation mille fois renouvelée de Pennautier de venir dans sa maison de campagne, un domaine de huit cents hectares, aussi cultivé que boisé, sur lequel, à côté du château existant, il faisait construire un pavillon de chasse et un haras d'une ampleur inégalée autour de Paris.

Pennautier se plaisait à étaler sa richesse et à en pratiquer l'inventaire devant cette femme qu'il convoitait avec une ardeur constante. Il en était sincèrement épris. Il l'avait dit, un mariage d'amour était le seul luxe qui manquait à sa vie entièrement dévouée à la possession et à l'enrichissement, comme si la tragédie de Fouquet ne lui avait pas servi d'exemple. Il n'en était pas à construire un château à l'image de Vaux-le-Vicomte, mais comme beaucoup de ses riches contemporains, il était animé par cette folie des bâtiments dont le roi donnait l'exemple avec la construction de Versailles, qui allait devenir le plus grand palais au monde, disait-on. Tout avait été organisé pour que la vicomtesse comprenne qu'au milieu de ces splendeurs, il ne manquait plus qu'elle, appelée à en devenir l'ornement suprême.

Comme elle descendait du carrosse, Pennautier lui tendit la main après qu'un valet lui eut offert un verre de vin de Champagne qu'il tenait sur un plateau. Le financier la conduisit directement vers les écuries. Un étalon ibérique tournait dans un rond de longe. Ils restèrent sans rien dire à contempler l'animal puis Pennautier, qui n'était jamais en mal de développer de nouvelles affaires, se livra à la vicomtesse sur son projet :

– Comme la guerre se prépare, des milliers de chevaux seront nécessaires, alors j'en achète par centaines tant que leur prix n'est pas affecté par la perspective du conflit. C'est un placement qui me permettra de doubler la mise si tout se passe bien. Même s'il commence à me mettre en mal de liquidités... Enfin, ne parlons pas de mes malheurs, je ne vous ai pas fait venir pour cela mais pour vous montrer cet étalon que je vous offre. Il est arrivé d'Espagne il y a deux semaines, en provenance directe des haras royaux. Il se dit que la cour du roi très catholique est la plus sinistre d'Europe, mais ils ont des chevaux sans égal. Je le fais travailler pour que vous puissiez le monter bientôt, car je vous sais grande cavalière. Quand vous aurez pris l'habitude de venir à la campagne, il vous y attendra. Sachez que je ne subordonne pas ce cadeau à la demande que je vous fais de m'épouser lorsque vous serez délivrée de votre deuil…

Le ton de Pennautier indiquait qu'il n'avait pas le moindre doute quant à la réponse de la vicomtesse. Elle rétorqua d'une voix douce :

– Je voudrais en effet laisser filer le deuil jusqu'à son terme… Au moins pour laisser à mon défunt mari l'illusion de croire que je suis encore à lui le temps qu'il s'habitue à sa nouvelle condition. En revanche, je me souviens que vous m'avez dit devoir absolument lever de l'argent pour le roi, ce qui, en appliquant les règles de partage entre lui et vous, vous aiderait grandement à améliorer vos liquidités.

Malgré la force de ses sentiments, Pennautier plaçait l'argent devant l'amour, aussi tendit-il une oreille attentive. Elle poursuivit sur le même ton neutre :

– J'ai une solution, mais il faudrait que vous acceptiez de tourner le dos à certains principes…

Madame de Warnens jouait gros, elle aimait cela. Qu'elle se soit trompée sur les limites morales de Pennautier, et tout s'écroulait dans le plus grand fracas. La curiosité de celui-ci était à son comble.

– Venant d'un esprit aussi fin que le vôtre, je doute de ne pouvoir me satisfaire de votre proposition. Dites-moi, ma chère, je brûle de l'entendre.

Leonor de Warnens prit profondément son souffle pour dérouler son plan devant un Pennautier hypnotisé :

– Je connais un moyen d'accélérer les successions de prélats. Ce n'est pas agir contre eux que les aider à accéder au paradis, le grand dessein de leur vie ici-bas.

Pennautier se recula comme si la proposition l'avait heurté en pleine poitrine.

– Vous me parlez d'assassinat ?

Madame de Warnens roula des yeux en souriant.

– Voilà un bien vilain mot pour une noble intention qui n'est rien d'autre que d'avancer le retour à Dieu d'hommes âgés qui ne vivent que dans ce but. Du moins, c'est ce qu'ils prétendent. Le procédé qui vous est proposé pour y parvenir ne laisse aucune trace.

– Aucune trace ? Voilà qui est miraculeux.

– C'est le juste mot... Miraculeux. Et puis, diantre, le bénéfice de tout cela ressortissant autant à l'État qu'à vous personnellement, il y va quand même de l'intérêt public.

– Vous avez raison, mais j'aimerais avoir la certitude du caractère indécelable du procédé.

Madame de Warnens regarda Pennautier d'un air qui se voulait mystérieux.

– Connaissez-vous monsieur d'Aubray, le prévôt de Paris ?

– Bien entendu, je l'ai croisé il y a deux jours à une réception du duc de Lauzun.

– Comment se portait-il ?

– À merveille, pourquoi ?

– Pour rien.

La vicomtesse laissa la conversation en suspens puis elle passa à tout autre chose :

– Je ne vous ai pas remercié pour le cadeau. Il est de toute beauté.

24.

La jambe gauche de Gobelin tremblait comme si elle était frappée d'impatiences. Son buste était tellement voûté qu'il faisait un arc au-dessus du clavecin où il jouait du Couperin à la vitesse d'un claveciniste médiocre mais persévérant. Briancourt se tenait debout près de lui. Il avait l'air totalement désorienté, la boussole de ses émotions semblant avoir cédé à la panique. En le dépucelant, la marquise lui avait fait entrevoir le paradis sur terre, mais les portes s'en étaient refermées bien vite, une fois qu'elle eut décidé de se désintéresser des hommes. Croyant la rendre jalouse, Briancourt avait cédé aux avances de Gobelin et se laissait parfois chastement caresser devant elle, espérant la piquer au vif. Mais la compétition qu'elle avait fait semblant d'entretenir avec son mari ne tenait plus.

Des cris de femme déchirèrent l'atmosphère musicale, pétrifiant Gobelin qui n'eut pas le cœur de continuer à les couvrir par la musique. Ils restèrent immobiles un long moment, sidérés, après que les cris eurent cessé.

Puis une femme sortit de la chambre sur laquelle les deux hommes avaient vue. Elle parut la tête basse, une bassine ensanglantée à la main, accompagnée d'une servante désolée. Gobelin jugea bon de se lever et de se diriger vers la pièce où était allongée la marquise. Le sang qui tachait les draps semblait avoir été pompé de son visage livide. Elle était épuisée. Elle réunit ce qui lui restait de forces pour rabattre sa couverture sur elle et essayer de faire meilleure figure.

Gobelin en fut bouleversé. Il tira une chaise près du lit pendant que Briancourt restait dans l'encadrement de la porte. La Brinvilliers porta ses yeux sur lui pour lui dire d'une voix qui menaçait de s'éteindre :

– Vous qui êtes là parce que mon père vous y a mis, vous lui direz que j'ai avorté pour la dernière fois. Je n'échangerai plus jamais de bâtards contre mon sang, je ne laisserai plus jamais un homme se servir de ce corps pour satisfaire son incontinence.

Gobelin opina, les larmes aux yeux.

– Vous avez bien raison, madame, et je me réjouis d'être le seul à ne jamais vous avoir fait ce mal.

Il lui prit la main, l'enfermant dans les deux siennes, puis essaya de lui sourire en espérant effacer tout cela.

– J'ai hâte que nous puissions passer à autre chose. Votre père nous a fait porter une invitation à dîner ce dimanche midi chez lui. Voilà bien dix ans qu'il n'avait pas eu cette attention. Il nous est difficile de décliner. Mais je peux vous excuser…

– N'en faites rien, mon ami. D'ici dimanche, soit je serai sur pied, soit je serai morte, et la question ne se posera plus.

Gobelin ne sut rien répondre à cette brutale alternative et se leva pour laisser sa femme se reposer. Il sortit de la pièce. Au moment où Briancourt s'apprêtait à le suivre, la marquise l'interpella. Il se rapprocha du lit pour l'entendre.

– Pardonnez-moi, monsieur. À me donner comme je l'ai fait pendant de trop nombreuses années, j'ai fini par n'appartenir à personne, pas même à moi. Je sais les espoirs que j'ai fait naître chez vous et j'imagine votre déception. Je souhaite qu'elle ne se transforme pas en rancœur. Ne vous obligez pas non plus à céder à mon mari pour me rendre jalouse si ce n'est pas votre nature…

– C'est un peu de ma nature, madame, mais rien à côté de celle qui a favorisé mes sentiments pour vous. Préférez-vous que je quitte la maison ?

– Non, j'ai plaisir à vous y voir tant que vous n'espionnez pas pour mon père.

– Je vous le promets, madame.

À regarder la marquise, rien ne pouvait laisser penser qu'une semaine plus tôt, une hémorragie l'avait conduite au seuil du trépas. Encore pâle et d'autant plus belle selon les canons de l'époque, elle se tenait assise dans son salon, alors que devant elle, deux marchands, l'un de chapeaux, l'autre de rubans, avaient déballé tout ce qu'ils avaient pu mettre dans les bras de leurs commis. Elle prit un couvre-chef de toute élégance, le posa sur sa tête puis recula, cherchant à savoir l'effet que cette acquisition pourrait avoir sur les autres.

– Il vous va fort bien, avança le maître chapelier dont on n'attendait pas moins.

Elle fit plusieurs essais, finit par se fixer sur un feutre et des rubans qu'elle conserva, et prit prétexte de l'arrivée de madame de Warnens pour éluder la question du paiement. Son regard sous-entendait que l'intendance suivrait et qu'une maison comme la sienne ne pouvait avoir de difficultés pour honorer ses dettes. La contredire aurait valu aux artisans mépris et annulation de la vente, aucun des deux n'en courut le risque. Madame de Warnens attendit que marchands et commis soient partis pour venir s'asseoir près de la marquise. Elle lui prit la main, la serra fortement et l'embrassa.

– J'ai su par Sainte-Croix que j'ai failli vous perdre.

– Vous n'imaginez pas, le sang semblait ne plus jamais vouloir cesser de couler. Au désespoir, j'ai fait appel à lui, connaissant ses talents récents de guérisseur et d'apothicaire et croyez-le ou non, il m'a sauvée.

– J'ai toujours pensé que tous les remèdes à nos maux se trouvent dans la nature, sauf ceux qui viennent de nous-mêmes et de nos contemporains. Ainsi l'argent que vous lui avez fait passer par mon intermédiaire en prison ne l'aura pas été pour rien.

La marquise posa sa tête contre madame de Warnens.

– Vous m'avez manqué, j'ai cru ne plus jamais vous revoir et devoir passer dans l'autre monde sans vous avoir fait mes adieux. J'aimerais partir avec vous.

– Mais où ?

– Je ne sais pas, découvrir d'autres horizons, des pays dont j'ignore la langue. Je vous envie d'avoir connu les Flandres. J'aimerais aussi aller en Angleterre. Et pourquoi pas en Italie, on dit les Italiens tellement raffinés.

– Nous le ferons, je vous le promets.

La marquise se mit à pleurer doucement.

– Pourquoi pleurez-vous ?

– N'en dites rien à personne, mais les créanciers sont à nos portes. Avant la fin de l'année, nous vivrons la banqueroute, la déchéance et le déshonneur.

Madame de Warnens sécha ses larmes avec son doigt.

– Je connais quelqu'un qui pourra peut-être vous prêter assez d'argent pour éviter cette déconvenue s'il le faut.

– Il pourrait nous prêter tout l'or du monde que nous serions incapables de le rembourser.

– Chaque chose en son temps, ma très chère. Portez beau, personne ne vous précipitera dans la faillite.

Ces derniers mots s'éteignirent sur un long baiser. L'une comme l'autre semblaient découvrir ce qu'est l'amour, et ce n'était pas une mince révélation. La conversation paraissait terminée mais elle reprit à l'initiative de madame de Warnens :

– J'ai entendu de Sainte-Croix que vous vous rendiez chez votre père ce dimanche à la campagne, n'est-ce pas un trop long trajet pour une convalescente ?

– Il le faut, je dois l'attendrir pour qu'il m'aide quand viendra le temps des tracas. Savez-vous que c'est la première fois que j'accepte de me joindre à une réunion de famille depuis mon mariage ? Mon père m'a toujours détestée, me rendant responsable par ma naissance de la mort de la seule personne qu'il ait aimée en ce bas monde, ma mère. C'est là furieuse injustice. Il m'a négligée toute mon enfance et toute mon adolescence, jugeant que l'argent qu'il pourrait donner pour m'éduquer était une dépense inutile. Je suis la seule marquise de ce royaume qui ne sait pas plus lire et écrire qu'un manant d'une province profonde. À mes douze ans, il m'a enfermée au couvent, l'un des plus sinistres, des plus atroces, dont il était décidé à ne pas me sortir, lorsque soudainement, voyant qu'aucun de mes deux frères ne pourrait assurer une succession à notre famille, il m'en a extirpée pour me marier à Gobelin, capitaine valeureux dont il ne connaissait pas la profonde invalidité. Après avoir joui des femmes de ma prison, j'ai découvert les hommes avec avidité et j'en ai abusé jusqu'à l'écœurement. J'ai fait le tour de leurs inconvénients, il était temps que je découvre l'amour dans sa forme la plus pure. Je vous suis tellement reconnaissante de m'avoir libérée de la servitude du désir quand elle s'acharne à combler l'absence de sentiments. Vous m'avez apaisée. Pour la première fois, ma haine pour mon père peut, je le sens, faire place à l'indifférence qu'il mérite. Si je n'avais pas de tels soucis d'argent, je le confronterais devant mes frères et les donzelles qui leur servent d'épouses, mais je n'ai pas cette latitude. Je sais par avance que si je me trouvais en faillite, il serait capable, pour l'exemple, pour montrer son impartialité, de me traiter comme n'importe quelle autre faillie et de me faire jeter au fond d'une prison jusqu'au remboursement du moindre denier de mes dettes. Je dois l'attendrir pour que nous n'en arrivions pas là.

25.

La maison de campagne du prévôt nichait sur une colline à mi-chemin entre Paris et Versailles. Il tirait des terres environnantes un revenu substantiel qui s'ajoutait aux émoluments que lui valait sa charge. Monsieur d'Aubray était par ailleurs fort économe. En bon catholique, il avait choisi le vice le moins coûteux et le moins gênant pour sa pratique religieuse, l'avarice, qui lui avait permis en un demi-siècle d'accumuler une fortune considérable. Cette gloire était contrariée, on le sait, par sa maudite fille qui ne lui laissait comme descendants que des bâtards dont le père présumé était un homme sans principes, un arriviste sans manières, un de ces soldats faits pour mourir sur le champ de bataille.

D'Aubray, en homme de foi, s'était fait violence pour donner beaucoup à l'Église et espérer en retour que sa vie se prolonge au-delà du terme prévu. Mais le prolongement le plus certain était celui qu'on obtenait par sa descendance, et le sang de celle-ci était souillé par ce vil aventurier de Sainte-Croix. En outre, il ne pouvait compter sur son unique petit-fils, âgé de moins de dix ans, pour continuer leur lignée, à une époque où si peu d'enfants atteignaient l'âge adulte. Bref, d'Aubray n'envisageait que le déluge après lui. Et cette certitude le maintenait dans l'humeur sombre des vieillards qui se voient comme le dernier maillon désolé d'une chaîne interrompue. Il tournait en rond, cherchant une issue à sa déception.

Il était avéré que son fils aîné était bel et bien incapable d'enfanter. Le puîné, en revanche, avait essaimé quelques bâtards auprès de femmes de petite vertu et s'en vantait. Sa femme était stérile, ce qui aurait pu suffire à la répudier, mais son mari tenait à elle car, disait-il, elle était experte au lit comme aucune professionnelle. L'aîné ressemblait en tout point à son père, en particulier pour l'avarice. Le puîné n'avait rien pris de son géniteur, si ce n'est le mépris commun de tous les mâles de la famille pour la marquise. Mais alors que son père et son frère aîné Antoine partageaient la même maigreur austère, François d'Aubray était gras. Son embonpoint n'avait rien à voir avec celui des bons vivants, il était ventru comme si lui seul pouvait porter l'enfant que sa femme n'aurait jamais. Il transpirait aussi beaucoup. D'autres diraient qu'il suintait comme un libidineux, et sa lippe tombante venait parfaire le tableau.

Une bonne dizaine d'années s'étaient écoulées depuis que la marquise avait vu ses frères pour la dernière fois.

Tout ce qui les caractérisait n'avait fait que s'accentuer, parfois jusqu'à la caricature, et c'est ce qui la frappa quand elle les découvrit jouant au billard dans la salle aménagée à cet effet.

L'un comme l'autre se contentèrent des salutations d'usage, aussi bien à destination de la marquise que de son mari, qui les leur rendit par un signe de tête. Les belles-sœurs qui tenaient salon un peu plus loin firent comme si tout ce monde-là s'était quitté la veille, se forçant à complimenter la marquise sur sa mise, pour dériver ensuite sur une liste des maisons parisiennes recommandables pour les robes, les chapeaux et les rubans. Madame de Brinvilliers se laissa prendre au jeu de cette conversation sans importance entre femmes du monde, où il s'échange plus de mots que d'idées, pendant que Gobelin saluait le seul invité qui n'était pas de la famille, le redoutable lieutenant général de la police, monsieur de La Reynie, dont la gravité n'invitait pas à de longues causeries. C'est finalement d'Aubray qui apparut le dernier, en patriarche autoritaire. Il se dirigea directement vers la salle à manger avec la détermination de celui qui se prépare à frapper un grand coup. Les convives comprirent alors que ce qui devait être un déjeuner de concorde allait être celui des règlements de comptes. Ils se disposèrent autour de la table, d'Aubray au bout de celle-ci, son fils aîné à sa droite et La Reynie à sa gauche. La Chaussée se tenait derrière son nouveau maître, prêt à le satisfaire. D'Aubray débuta sa diatribe sur un ton qui se voulait factuel et neutre :

– Voilà bien longtemps que je n'avais pas réuni ma famille au complet et, pensant que j'avançais en âge, j'ai jugé bon de le faire. Je vous le dis sans détour, je suis fort contrarié d'imaginer que ma descendance est souillée du sang de monsieur de Sainte-Croix, aventurier sans scrupules. Pour des raisons qui vous appartiennent, monsieur Gobelin, je crois que vous ne vous êtes jamais donné la peine d'honorer votre mariage, laissant à votre meilleur ami la charge de remplir vos devoirs. C'est pourquoi je vous annonce que je demande l'annulation de votre union.

– Mais j'aime ma femme, moi !

Ce cri du cœur de Gobelin laissa tout le monde pantois. D'Aubray ne désarma pas.

– Pas assez pour l'honorer.

François d'Aubray, le plus jeune des deux frères, semblait se réjouir en cachette que le sujet de la stérilité de sa femme ne fût pas abordé. Le père reprit :

– De toute façon, vous n'aurez pas le choix, je préfère reconnaître devant le monde les fautes de ma fille que de laisser ainsi s'abîmer ma descendance. D'ailleurs, ma fille, vous n'avez pas fait assez d'enfants pour espérer que l'un d'eux atteigne l'âge adulte et s'y maintienne.

– Je n'ai aucune intention de me remettre à l'ouvrage, monsieur.

– Je l'entends, mais comprenez aussi que vous avez signé beaucoup de billets à ordre et de reconnaissances de dettes et, quand tout cela viendra à échéance, c'est la faillite qui sera prononcée contre vous dans moins de trois mois. Or il n'existe que moi pour vous en sauver. Entre le divorce ou la faillite, c'est à vous de voir.

La marquise ne se laissa pas démonter.

– Vous vous trompez, monsieur. J'ai, parmi mes amis, un homme de bien qui serait disposé à nous prêter l'argent nécessaire, le temps de remettre de l'ordre dans nos finances.

– Ah oui ! Et qui donc ?

– Souffrez que je passe sous silence le nom de cet heureux bienfaiteur.

En vérité, la marquise ne connaissait pas son nom. Elle s'était rappelé que madame de Warnens lui avait parlé de quelqu'un qui pourrait leur venir en aide, mais sans plus de détails. Elle offrit un large sourire à toute l'assemblée pendant que d'Aubray rongeait son frein. Il fit signe à La Chaussée de servir et chacun comprit que le dîner était définitivement pris dans les glaces de la colère du prévôt.

La Chaussée servit une tourte aux champignons dont le fumet réjouit les convives et chacun se mit à manger de bon appétit en essayant d'oublier ce qui avait précédé. C'est alors qu'à la troisième bouchée d'Aubray tomba foudroyé, le nez dans sa tourte. On se précipita pour l'en dégager et il fut porté sur un canapé où

La Reynie ne put que constater son décès. Les deux belles-sœurs de la marquise se mirent à pousser des cris d'orfraie avant de s'installer dans de longues lamentations. On mit l'embolie sur le compte d'un coup de sang provoqué par l'impertinence de la marquise mais personne, pas même son frère aîné, n'osa le lui reprocher. La perspective d'un héritage considérable à se partager adoucit les rancœurs, même si l'aîné, en récupérant la charge de prévôt, se trouvait avantagé. D'Aubray fut allongé sur son lit dans sa chambre, les mains jointes dans une sainte attitude, et on se relaya pour le veiller en récitant des psaumes pour le salut de son âme. Si apparemment personne n'avait souhaité sa mort, personne ne la regrettait.

L'affaire semblait close quand La Reynie, par respect pour la mémoire du prévôt, fit commettre une autopsie, ce viol post-mortem des corps qui n'empêche pas l'âme de s'élever pour peu que le défunt en ait une. Deux spécialistes furent diligentés de Paris pour procéder à la dissection des viscères, organes qui ne mentent pas en cas d'empoisonnement, avant d'embaumer la dépouille selon la volonté maintes fois exprimée par monsieur d'Aubray, une façon coûteuse de lutter contre le pourrissement des chairs livrées à la décomposition.

Pennautier semblait tiraillé entre son excitation pour le jeu et la nouvelle qui venait de lui parvenir par l'intermédiaire de madame de Warnens qui se tenait assise en retrait de son épaule gauche. La vicomtesse lui souffla à l'oreille :

– La personne dont je vous ai parlé.

Pennautier ne se retourna pas, comme s'il ne voulait pas voir le nouveau venu qui s'asseyait à sa droite, légèrement en recul.

Il regarda ses cartes et en joua une sans enthousiasme, avant de murmurer :

– Je suis bien triste pour d'Aubray. On m'a dit qu'une autopsie a été pratiquée, y a-t-il une raison ?

Sainte-Croix répondit d'une voix aussi basse que celle qui lui avait posé la question.

– Le lieutenant général de la police a jugé qu'il lui devait bien cela.

– Conclusion ?

– Mort naturelle.

Pennautier ne commenta pas mais se mit à perdre des sommes conséquentes. Las, il décida de s'en tenir là. Il poussa un long soupir et dit à haute voix :

– Si j'ai bien compris, nous allons plus que nous refaire, n'est-ce pas ?

Puis il se leva, suivi de la vicomtesse, alors que Sainte-Croix s'éloignait pour rejoindre celle qui paraissait être une de ses nouvelles conquêtes. Madame de Warnens sourit à cette femme en passant, comme pour la remercier de la soulager des assiduités du capitaine. Pennautier fit donner par un valet une coupe de champagne à celle qu'il pensait être sa promise, en prit lui-même une qu'il vida d'un trait, avant de s'en octroyer une seconde.

– Vous ne vous étiez pas trompée. Je ne pensais pas que j'aurais le bonheur de trouver en vous non seulement une épouse, mais aussi une associée. Voilà qui nous ouvre des perspectives agréables. Je ne vous cache pas que j'ai une petite prévention morale mais comme vous le dites si bien, quel mal y a-t-il à accélérer le passage dans l'au-delà de prélats qui prétendent ne vivre que dans ce projet ? La bonne stratégie est de viser les cibles adéquates en nombre limité, des hommes suffisamment âgés pour que leur mort ne crée pas de suspicions. Et après tout, l'État y trouve aussi son bénéfice, n'est-ce pas ? Mais vous, ma chère, qu'avez-vous à y gagner ?

La vicomtesse ne pouvait pas lui avouer que l'assassinat d'éminents membres du clergé catholique suffisait à sa joie. Encore moins qu'en stratège émérite, elle visait plus haut et plus grand que cela.

– Le seul plaisir de vous aider.

Soucieuse, elle ajouta :

– Si je puis me permettre un conseil, il faudra que la part qu'en touchera l'État soit suffisamment conséquente pour que celui-ci ait intérêt à vous protéger si le procédé venait à s'éventer. J'ai confiance en Sainte-Croix, mais c'est son valet qui œuvre. Il faudra aussi à un moment ou un autre le récompenser à la mesure de son service pour que jamais il ne puisse nous trahir.

– Nous le ferons...

26.

Pennautier et son notaire faisaient antichambre depuis peu quand le prélat vint à eux d'une démarche mal assurée. Avec le poids des années, son embonpoint s'était effondré sur ses jambes et il peinait à marcher, mais sans doute avait-il voulu gratifier ses visiteurs de cet effort.

Pennautier était à l'administration des finances de la province ce que le vieillard était à celle du clergé. Il avait la charge de centraliser tous les dons faits à l'Église par les fidèles, de leur vivant ou par disposition testamentaire. Rares étaient les morts qui n'avaient pas réservé une partie de leurs biens pour le salut de leur âme – cette entité indéfinissable dont chacun se plaisait à espérer que, poussée par le vent favorable de la prière, elle puisse atteindre bon port, c'est-à-dire le paradis, interdit du vivant des chrétiens. Accablés par la famine, les épidémies et les impôts, les fidèles se sentaient forcés de céder, sur le peu qu'il leur restait, une bonne part à l'Église, qui prospérait.

Tout cela faisait du prélat un homme immensément riche, car s'il était censé ne garder pour lui-même que la rémunération de sa charge, la nature des dons, en particulier ceux faits en espèces, lui offrait l'opportunité de vastes détournements. Un prélat, par définition célibataire, ne pouvait faire profiter ses enfants de ces montagnes d'argent. Aussi, à sa mort, de lointains descendants, quand ce n'était pas l'Église elle-même, héritaient de cette manne. Mais Pennautier, usant de toute son autorité de receveur général des finances de la province, était là pour expliquer à son interlocuteur que ces règles, loin d'être intangibles, méritaient d'être réformées.

– La période est bien particulière. Jamais nous n'avons eu un roi aussi soucieux de la grandeur de son pays. Je vous le dis en secret, mais Sa Majesté veut s'engager dans de nouvelles guerres qui nous rapporteront plus de richesses et qui, surtout, permettront de briser l'orgueil des nations protestantes.

Pennautier pensait avoir fait mouche avec ce dernier argument, mais le prélat ne réagit pas, les yeux fixes enfoncés dans les plis de graisse de son visage. Puis il ouvrit une bouche pâteuse :

– Nous avons moins à craindre des luthériens, qui continuent de former une Église, que des calvinistes qui ne visent qu'à faire disparaître la nôtre, sainte parmi les saintes. S'il y a une guerre à mener, monsieur, elle est sur notre sol.

Pennautier rétorqua sans sourciller :

– Je ne suis pas dans le secret de Sa Majesté, mais je suis assez proche de monsieur Colbert pour pouvoir vous dire que la chose est envisagée. Le roi est bien déterminé à éliminer tous ceux qui, d'une façon ou d'une autre, s'opposent à la vraie foi et aux siècles de privilèges qui veillent à sa bonne marche. Contester l'Église catholique et romaine, c'est contester le roi, son autorité, et il y a fort à parier que Sa Majesté ne le tolérera plus longtemps, contrairement à feu son père. Qu'elle soit hors des frontières ou à l'intérieur de celles-ci, l'entreprise est vaste, le roi a besoin de vous.

– Il peut compter sur moi, mais de quelle façon ?

Pennautier se racla la gorge.

– Eh bien… Le roi pense qu'il serait louable de votre part que vous fassiez de moi votre héritier. Cela ne changerait rien de votre vivant, tandis qu'une fois mort, hypothèse que je souhaite la plus lointaine possible, votre charge me reviendrait, et son bénéfice à l'État – les dons des fidèles restant à l'Église comme de bien entendu. Sachant que vous n'avez pas d'héritier direct, ce serait une façon d'éviter que votre charge ne soit dispersée et revienne à quelqu'un qui n'a pas compétence pour la remplir.

Le prélat resta un moment silencieux, tournant l'histoire dans sa tête. Il finit par lâcher :

– Vous êtes bien certain que cela ne changera rien de mon vivant ?

– Si, cela changera que vous serez d'autant mieux en cour auprès du roi et que vous pourrez lui demander beaucoup pour ceux qui vous importent, je m'en ferai l'intermédiaire. En revanche, si vous refusiez, je crains que Sa Majesté n'en prenne ombrage et vous envoie je ne sais quel contrôleur des comptes.

À ces mots, le prélat trancha pour que Pennautier hérite de lui, donc de sa charge et des revenus afférents. Une fois entre ses mains, elle permettrait les ponctions de larges sommes sur les donations faites à l'Église, encore plus importantes que celles que le prélat avait l'habitude d'opérer.

Le notaire s'empressa de coucher cette décision sur un acte qu'il rédigea céans, avant de le faire signer par les deux parties fort satisfaites.

27.

Pennautier et Sainte-Croix étaient convenus de ne se voir qu'aux étuves. Le premier avait son opinion sur la façon dont les choses devaient être menées, mais le second entendait tout maîtriser.

– … Rémunérer le valet pour son départ laissera une trace, monsieur, et un témoin qui, un jour ou l'autre, pourrait venir à se confier. Si la somme est insignifiante, il ne quittera pas le service du prélat. Si elle est considérable, il s'étonnera d'avoir reçu autant d'argent pour partir et s'en ouvrira forcément auprès de quelqu'un, qui s'en ouvrira à son tour, et ainsi de suite. Toute la province saura et s'étonnera qu'un domestique ait reçu une si grosse somme pour quitter son maître.

– Que suggérez-vous alors ?

– Qu'il disparaisse pour de bon et qu'on ne le retrouve jamais. Et vous, ayant eu vent de cette disparition, vous proposerez de le remplacer par l'ancien valet du prévôt de Paris, La Chaussée. Ce qu'il acceptera sur-le-champ, j'en suis certain.

– Qui fera disparaître le valet ?

– Moi et La Chaussée.

Pennautier baissa la voix.

– Mais c'est un crime de plus.

– Les plus grandes entreprises ont leurs dommages, monsieur. C'est au moins la garantie que cela se fera sans traces. On ne retrouvera jamais son corps et, avec un peu de chance, le chagrin de cette disparition sera tel que le prélat en mourra.

– Oui, mais voyez-vous, je tiens à une certaine… comment dire, beauté des choses. Le prélat est à bout, c'est une certitude, ce n'est qu'une question de mois, pour ne pas dire de semaines. En revanche, pour le valet…

– Imaginez qu'une fois le prélat mort, le valet ébruite que vous l'avez rémunéré pour partir et que l'enquête montre que vous avez insisté pour le remplacer par l'ancien valet du prévôt, lui-même subitement disparu. Que la vision du tableau dans son ensemble parvienne jusqu'au lieutenant de police La Reynie et je pense qu'il deviendra plus pressant sur notre dos que ne le sont les chancres sur la toison des filles de joie.

– Oh ! Vous avez de ces métaphores…

Le valet du prélat disposait d'une demi-journée par semaine pour vaquer à ses propres occupations, l'après-midi du mercredi en général, qu'il passait la plupart du temps à dépenser ses gages dans une taverne de la rive ouest de la ville. Il y buvait jusqu'à plus soif, mais jamais assez pour perdre l'équilibre, et s'arrangeait pour que rien ne paraisse de son ivresse en mâchant des feuilles de menthe le long du canal qui le ramenait chez son maître, lequel l'attendait pour se coucher.

Trois semaines s'étaient écoulées depuis que l'affaire avait été discutée entre Sainte-Croix et Pennautier, qui avait donné un accord tacite sur son dénouement. Trois semaines mises à profit pour étudier les habitudes du valet et la configuration des lieux.

Sainte-Croix et La Chaussée s'étaient postés le long du canal, sur une partie particulièrement sombre mais pas très longue. La nuit était tombée depuis une bonne heure, rendant les lieux aussi lugubres que le dessous d'une aile de corbeau. Ils avaient patienté dans une voiture immobilisée sur le chemin de halage qui suivait le canal, très utilisé le jour par les bateliers mais très morne la nuit venue.

Beaucoup d'historiens, probablement par excès de charité pour leur espèce, ont voulu faire de l'histoire de l'humanité une fable aimable, alors qu'en réalité il ne s'est jamais agi que de meurtres, de massacres et de destructions, ponctués de respirations pouvant faire croire à ceux qui ne les ont pas vécus que ces évènements sanglants étaient une tragique exception dans un monde pacifique. Sainte-Croix avait déjà beaucoup tué à la guerre, il avait même été longtemps payé pour cela, sans jamais se préoccuper de la justesse de la cause qui le conduisait à prendre des vies. Il avait rarement tué de loin mais le plus souvent dans une proximité qui lui permettait de contempler dans le regard de son adversaire le passage d'une vie pleine d'illusions au néant.

Les deux hommes étaient donc restés assez longtemps à se faire face à l'intérieur du coche, comme les spadassins qu'ils étaient.

– J'ai de hautes ambitions pour toi quand nous en aurons fini, dit Sainte-Croix à La Chaussée pour briser le silence qui s'était installé, moins à cause de l'appréhension de ce qui se tramait que par le désir de profiter d'une pause dans une journée agitée.

Il poursuivit :

– Je crois que pour le genre d'entreprise que nous menons, il faut savoir se fixer des objectifs raisonnables, sans quoi on se laisse emporter par la cupidité. On finit par ne plus s'appartenir et oublier ce contrôle indispensable aux grandes œuvres. Si l'on exclut celui qui vient, il nous reste quatre personnes à effacer. Pour deux, nous éliminerons des scélérats, et pour les deux autres, nous accélérerons un processus inévitable puisqu'il s'agit de vies déjà bien consumées. Si tu mènes l'entreprise jusqu'à son terme, il y aura bien sûr ces espèces sonnantes et trébuchantes que j'ai commencé à te dispenser mais, surtout, je te l'ai dit, une charge qui t'assurera gloire et prospérité.

À cet énoncé, La Chaussée écarquilla les yeux.

– Une très bonne relation de mes amis m'a fait savoir qu'une charge auprès de Sa Majesté pourrait se vendre bientôt, par l'intermédiaire de son barbier. Une charge de gobelet.

– Une charge de gobelet ?

La Chaussée n'en revenait pas.

– Ce serait un fameux accomplissement pour toi qui, dans ta prime existence, as bu plus d'eau de caniveau que de grand vin de Loire ! Et ce n'est pas une promesse de Gascon, crois-moi. Je m'emploie à affiner la chose, et si tout s'arrange pour le mieux, tu devrais être titulaire de cette charge dans les deux ans qui viennent.

La Chaussée, grisé par la perspective de cette ascension sociale vertigineuse, lui aurait baisé les pieds. Gobelet du roi, lui qui en quelques tristes occasions avait dû manger du bouillon de corvidé pour survivre ! Il voyait se tracer devant lui un destin inimaginable, dont la seule contrepartie aurait été de faire passer de vie à trépas une demi-douzaine de nuisibles ou de gêneurs. Tuer ne lui occasionnait aucun cas de conscience et libérait chez lui, au contraire, des pulsions qu'il n'avait jamais pu assouvir par peur du gibet. Là, il s'agissait d'agir avec l'assentiment des puissants, qui déployaient au-dessus de lui leur impunité comme une immense ombrelle.

Lorsque le valet du prélat fut à hauteur de la voiture, La Chaussée n'eut donc aucune réticence à suivre le plan exposé par Sainte-Croix. Il s'approcha de l'homme par-derrière et lui demanda une direction, jouant le voyageur qui cherche son chemin. Le valet, en se retournant pour faire face au solliciteur, se heurta dans le noir à Sainte-Croix. Le temps qu'il comprenne qu'il tombait dans un piège, il fut poussé dans l'eau par La Chaussée, où il chuta avec grand bruit. Il se débattit maladroitement avant de disparaître. Plusieurs personnes pourraient certainement témoigner que le valet avait quitté la taverne bien éméché et qu'il avait pu tomber de lui-même dans le canal, une explication logique que nul n'aurait envie de questionner.

Une fois leur forfait accompli, les deux complices firent route vers Paris. Ils durent à l'instinct de leurs chevaux de retrouver le chemin de la capitale dans une nuit sans étoiles. Ils y parvinrent au lever du soleil en même temps que les marchands qui y affluaient.

28.

Antoine d'Aubray, le fils aîné de feu le prévôt de Paris, avait investi le Châtelet, succédant naturellement à son père. Il connaissait La Reynie depuis assez longtemps pour que la passation de pouvoir s'effectue sans complications ni arrière-pensées. Il ne souhaitait qu'une chose, se fondre dans la charge de son prédécesseur en assurant la parfaite continuité du travail que ce dernier avait accompli jusqu'à sa récente disparition.

Antoine d'Aubray avait épousé l'austérité de son père, mais sans le panache qui avait fait de lui un prévôt apprécié des plus hautes autorités de l'État. De monsieur de Louvois en particulier, qui était à la sécurité intérieure du royaume ce que monsieur Colbert était aux finances, ce qui l'élevait au statut des hommes les plus puissants derrière le roi. Antoine d'Aubray avait à cœur d'assurer sa charge avec la même qualité, et il comptait sur le temps pour trouver l'inspiration qui lui permettrait de se hisser au niveau de son père.

Son avarice lui interdisait toute forme de générosité et il considérait que le cadeau du précepteur fait à la marquise ne valait que si ledit précepteur rendait, en contrepartie, des services d'une valeur au moins comparable. Aussi le convoqua-t-il pour en apprendre davantage sur la façon dont sa sœur menait sa maison. La question qui le préoccupait le plus était de savoir si Sainte-Croix réapparaissait chez les Gobelin à la faveur de la mort du prévôt. Tout comme son père, il était obsédé par l'idée que le capitaine puisse être le géniteur des derniers descendants de leur honorable famille, et que la manne considérable composée par ses avoirs et ceux de son frère puisse un jour échoir aux bâtards d'un libertin de la pire engeance. La question de la succession le taraudait, comme nombre d'hommes de son temps. Il se donnait quelques mois pour trouver la solution qui lui permettrait de pérenniser son nom sans la honte qui menaçait d'y être attachée. Si lui-même était bel et bien infertile, son frère ne l'était pas, et François d'Aubray aurait dû répudier sa femme inféconde.

Antoine s'était donc ouvert à son frère de son exigence de le voir assurer une descendance à la famille qui ne soit pas entachée du sceau de l'infamie. Mais ce dernier, aussi idiot que libidineux, ne l'entendait pas de cette oreille. Son épouse le tenait par la culotte, lui dispensant des plaisirs rares. En outre, pour déshériter les enfants de la marquise, il fallait d'abord prouver que ceux-ci n'étaient pas de son mari. Or Gobelin ne consentirait jamais à le reconnaître, tout comme il n'était pas dans l'intérêt de la marquise d'en attester.

D'Aubray enrageait. L'impasse dans laquelle il se trouvait lui rongeait le sang, le faisant maigrir à vue d'œil, lui qui n'avait déjà que la peau sur les os. Il s'était ouvert de ses angoisses à La Reynie, qui agissait auprès de lui comme une sorte de conseiller.

– Ils ne me laissent pas le choix, dit d'Aubray. Je remettrai notre lignée sur le droit chemin ou j'en mourrai.

La Reynie prenait toujours un certain temps avant de répondre, pensant donner ainsi plus de poids à ses propos.

– Il y a bien assez de raisons de mourir pour ne pas en offrir de nouvelles à la providence. Il est vrai que la chose est compliquée et que toute action juridique de votre part ouvrirait la boîte de Pandore des commérages, qui pourraient remonter jusqu'au roi ou faire de vous et de votre famille la risée de la cour. D'autant qu'il se dit que Sa Majesté légitimerait quelques-uns de ses bâtards, ce qui en fait hurler certains, qui y voient un signe de profonde décadence.

– Oui, mais là, c'est tout le contraire. Il n'est pas question de les légitimer, je veux supprimer ces enfants de ma succession, de celles de ma sœur et de mon frère.

– Mais sans scandale, n'est-ce pas ? Je serais d'avis que vous consultiez un grand avoué qui pourra vous éclairer sur la question. Pour tout vous dire, je ne vois pas d'issue, trop d'éléments s'imbriquent pour vous contrarier.

Briancourt faisait antichambre depuis une bonne heure quand d'Aubray, qui l'avait convoqué, consentit à le recevoir. Le précepteur revécut la scène qu'il avait déjà subie avec le père mais le fils lui parut moins aimable. Celui-ci en vint directement au fait :

– Mon défunt père vous avait recruté pour espionner ma sœur au prétexte de l'éducation de ses enfants que sa situation financière d'alors ne permettait pas d'assurer. Auriez-vous quelque information précieuse qui justifierait que je maintienne un espion chez elle ?

Le précepteur ne sut quoi répondre.

– Dites-moi si elle voit toujours Sainte-Croix.

– Je ne l'ai jamais vu paraître chez elle depuis son incarcération. En revanche, j'ai vu le capitaine rendre visite à monsieur Gobelin à plusieurs reprises.

– Voit-elle d'autres hommes ?

– Pas à ma connaissance.

– Y a-t-il un fait marquant que vous pourriez me rapporter ?

Briancourt hésita, mais jugeant qu'il jouait sa place, il se lança :

– Il me semble que madame la marquise a recouru à une faiseuse d'anges pour effacer une grossesse. Elle en a été fort malade et il s'est ensuivi qu'elle a dit renoncer aux hommes et à leur manie de l'engrossement.

D'Aubray et La Reynie échangèrent un regard dubitatif.

– Et donc ?

– Et donc… rien. Elle ne voit plus aucun homme. D'ailleurs, elle ne voit plus personne depuis qu'elle porte le deuil de feu votre père.

– Bien, parlez-moi des enfants…

– Je… je dois dire qu'ils progressent, même s'il me faut avouer que ni l'un ni l'autre ne sont très éveillés.

– Qu'attendre de mieux de bâtards, n'est-ce pas ? lança d'Aubray en prenant à témoin le lieutenant général de la police. Bien, monsieur Briancourt, vous venez de me faire la démonstration que vous n'avez plus d'utilité auprès de la marquise de mon point de vue. Sachez donc qu'à compter de ce jour, je vous donne congé de votre rôle de précepteur. Libre à vous de rester chez ma sœur si elle veut bien pourvoir à vos gages.

La conversation se termina ainsi, brutalement, laissant le pauvre Briancourt désemparé.

De retour à l'hôtel des Gobelin, il annonça à la marquise et à son mari la nouvelle de son congé. Il s'attendait certainement à ce que, fort de l'héritage considérable que la marquise allait toucher, le couple lui assure reprendre à sa charge ses émoluments. Mais l'un comme l'autre, sans se concerter, n'en firent rien, jugeant que c'était là une dépense qu'ils ne pouvaient se permettre pour l'instant, les fruits de l'héritage n'étant pas encore tombés. Ils lui promirent de le rappeler quand leur situation financière se serait améliorée pour de bon, promesse qu'ils n'avaient pas du tout l'intention de tenir.

Le précepteur prit séance tenante ses affaires et s'en alla faire ses adieux aux enfants qui n'eurent pas beaucoup d'égards pour lui, se félicitant au contraire intérieurement de ce départ qui allait leur permettre de passer leurs journées à jouer sans être importunés. Il quitta ensuite le couple, sans la moindre effusion, comme si son séjour chez eux n'avait été qu'une parenthèse qu'ils avaient hâte d'oublier. Briancourt en conçut amertume et rancœur.

29.

Depuis que le prélat avait signé l'acte faisant de Pennautier son légataire, ce dernier ne ménageait pas ses efforts auprès du vieil homme, se comportant comme une sorte de neveu attentif et attentionné. Pennautier excellait dans l'art de se montrer désintéressé, et il ne manquait pas de nourrir la conversation avec lui, passant des heures à ses côtés à discuter de tous les sujets allant de l'exégèse de certains textes religieux à des thèmes plus triviaux. Le prélat se réjouissait de ces visites renouvelées, aussi s'ouvrit-il naturellement de la disparition de son valet dont personne n'avait retrouvé trace.

– On m'a déjà narré semblable comportement, dit Pennautier. Un valet dévoué, assidu à sa tâche, qui disparaît brusquement, ce n'est ni chose courante ni vraiment exceptionnelle, je dirais qu'il y a sans doute une femme là-dessous.

– Vous avez certainement raison, mon cher, on connaît leur caractère et je suis bien heureux de ne leur avoir jamais cédé. Rien dans l'ordre de succession de ma fratrie ne m'avait forcé à choisir l'Église. Je l'ai fait volontairement, sachant ce que les femmes coûtent en frivolités et en tentations diaboliques. J'ai vécu bien seul et parfois je me suis pris à le regretter, mais chaque fois, je me suis obligé à penser à ce que ma vie aurait été si je m'étais consacré à une compagne plutôt qu'à Dieu. Bien de mes coreligionnaires ont choisi les ordres parce qu'ils correspondaient à leur nature. Cela n'a jamais été mon cas, j'avais forte tentation pour le sexe opposé, plus forte que le commun des mortels, oserais-je dire, mais j'ai résisté, et j'en ai fait le divin sacrifice de mon existence. Je les ai tenues éloignées de moi. Il fut même une époque où j'avais interdit que l'on en emploie. Bref, la disparition de mon valet m'indispose, moins par l'attachement pour l'homme que pour l'habitude que j'avais de lui. Je vais vous faire une confidence : il a toujours essayé par différents stratagèmes de me cacher qu'il buvait et j'ai toujours évité de le réprimander sur la question, mais je savais qu'il passait son congé à s'enivrer dans une taverne de la ville basse. Il a pu tomber dans le canal. Les eaux y sont si lourdes qu'on ne retrouvera son corps que dans quelques mois.

– Vous voyant dans l'embarras, vous me permettrez de vous recommander un valet qui me semble digne d'estime, pour autant qu'un valet puisse l'être.

– Ah, bon !

– Je crois qu'il vous plaira. Il s'agit du valet de feu monsieur d'Aubray, le prévôt de Paris qui est, comme vous le savez, décédé récemment.

– Dites-moi, le valet d'un prévôt, voilà une excellente référence !

– J'ai eu l'occasion de l'observer chez son ancien maître et il possède à mon avis toutes les qualités de discrétion et de dévouement qui pourraient vous plaire. De plus, il ne boit pas.

– Et quand pourrait-il prendre son service chez moi ?

– Demain si vous le souhaitez.

– Eh bien, je le souhaite.

Madame de Warnens préférait s'ébattre avec la marquise dans sa propre demeure plutôt que de se faire remarquer à l'hôtel Gobelin où personne ne la connaissait. Elle n'y était venue que deux fois : la première pour un dîner dans lequel elle s'était fondue, la seconde pour une visite à la marquise alitée, où elle n'avait pas dévoilé son visage au personnel pour ne pas en être reconnue.

Les deux femmes étaient allongées nues dans un lit de grande taille, à peine recouvertes d'un drap blanc. Le désir avait fait place à la tendresse. On les sentait suspendues dans une sorte de plénitude qui donne le sentiment, même fugace, de vivre pour de bonnes raisons. Aucune des deux n'avait l'envie de rompre le silence empli de bienveillance qui les entourait. Madame de Warnens céda finalement, taraudée par une question :

– Votre mari sait-il, pour nous ?

– Nous n'en parlons pas vraiment, mais il s'en doute.

– Et comment le prend-il ?

– Aucun homme ne m'a jamais aussi peu désirée que lui. Mais aucun homme ne m'a jamais tant aimée que lui. Il me voit heureuse et il s'en félicite.

– Comme il se félicitait de vous voir dans le lit de Sainte-Croix.

– Il est assez fin pour comprendre que Sainte-Croix était pour moi un exutoire rageur.

La marquise s'assit dans le lit et regarda par la fenêtre, les yeux embués.

– Je me suis tant donnée pour espérer n'appartenir à personne que je me suis perdue. Il le savait mais ne m'en a jamais fait le reproche. C'est un être bon, qui ne négocie pas sa gentillesse à mon égard. Comment imaginer qu'un homme qui vous est imposé par le mariage devienne votre meilleur ami ?

– Et Sainte-Croix ne vous poursuit plus de ses assiduités ?

– Non, il a sauté sur d'autres proies. Et vous ?

– Non plus. Comme si je n'existais plus à ses yeux. Je m'en réjouis.

– En revanche, vous n'imaginerez jamais…

– Quoi donc ?

– Pour la première fois depuis que je le connais, il nous a remboursé des sommes qu'il nous avait empruntées. Et il l'a fait sans qu'on le lui demande. N'est-ce pas extraordinaire ?

– Comment vont vos finances, au fait ? Voulez-vous toujours que je demande à mon ami de vous prêter de l'argent ?

– Vous êtes trop bonne mais non… La mort providentielle de mon père nous a remis à flot. Il ne manquerait plus que mes deux horribles frères s'étranglent et nous serions riches pour de bon.

– Vous les haïssez à ce point ?

– Ils sont persuadés que mes enfants sont de Sainte-Croix, ce qui fait d'eux, à leurs yeux, d'abominables bâtards. Et voulez-vous que je vous dise ? Je suis persuadée au fond de moi qu'ils voudraient les faire disparaître.

– Les faire disparaître ? Des enfants ! Mais s'ils n'en ont ni l'un ni l'autre, qui hériterait ?

– C'est bien ce que je me demande.

Madame de Warnens prit la marquise dans ses bras.

– Rassurez-vous, ils ne feront rien de pareil, ce ne sont tout de même pas des monstres.

Le prélat se réveilla fort tard, ce jour-là. Le soleil avait depuis longtemps enjambé la crête qui faisait face à sa propriété. Il s'en rendit compte alors que La Chaussée lui ouvrait les doubles rideaux en damas qui maintenaient sa chambre dans une obscurité étanche.

– J'ai trop dormi.

– On ne dort jamais trop, monsieur, le corps a ses exigences, et il est bon de les respecter.

– Vous parlez d'or. Il est vrai que je ne me sens pas très bien ce matin. Apportez-moi une tasse de chocolat que je remette mon estomac en ordre.

La Chaussée s'exécuta et descendit à la cuisine pendant que le prélat semblait se battre contre un mal indéfinissable qui ne lui causait aucune douleur mais qui le maintenait dans un engourdissement suspect.

La Chaussée avait pris son service depuis bientôt un mois et s'était parfaitement intégré dans le personnel de maison. Au point qu'il s'était lié avec la cuisinière qui le régalait aussi bien à table qu'au lit, dans la soupente où logeaient les domestiques. Il s'était accommodé de bonne grâce à cette nouvelle vie, sous la protection du prélat qui montrait la plus grande mansuétude à l'égard de ses serviteurs. La Chaussée se laissait endormir et il se rendit compte, alors qu'il montait le plateau à son maître, qu'il agissait comme s'il préférait le confort à ses ambitions qui devaient le conduire près du roi. Il en eut soudainement une vive conscience, ce qui lui imposa de poser le plateau sur un guéridon fleuri et de déverser dans la tasse fumante la poudre qui avait fait miracle chez le prévôt avant de pénétrer dans la chambre du vieil homme. Puis il entra dans la pièce où il trouva le prélat assis dans son lit, les yeux à demi clos.

– Ah, vous voilà, je commençais à désespérer de vous revoir. J'espère que j'irai mieux après ce chocolat, je me sens tout barbouillé.

– À n'en point douter, monsieur.

Le prélat porta le breuvage à ses lèvres, but bruyamment d'une traite puis s'essuya la bouche avant de libérer un long soupir de satisfaction. La Chaussée lui prit la tasse, la reposa sur le plateau puis disparut en promettant de revenir pour habiller monsieur. C'est à son retour qu'il le trouva mort, les yeux grands ouverts, fixés droit devant lui.

La mort du prélat parut naturelle aussi bien à ceux qui l'entouraient qu'à ceux qui l'avaient connu. Il laissait une fortune d'autant plus considérable qu'il avait vécu toute sa vie sur un train bien au-dessous du revenu de sa charge, augmenté des fonds reçus des fidèles qu'il avait détournés dans de fortes proportions. Pennautier hérita de l'ensemble et, à ceux que cette transmission choquait, il insista en confidence pour leur faire comprendre que l'argent ne lui revenait pas en propre mais que le roi en était le destinataire final. Cela leva toute objection car Louis XIV était craint, en particulier de ceux qui vivaient des privilèges et des prébendes qu'il consentait, précisément pour endormir toute forme d'opposition à son despotisme.

30.

Le nouveau prévôt ne vint pas seul ce matin-là au domicile de la marquise, mais accompagné d'un lieutenant de police et de deux gardes armés. Il entra dans l'hôtel comme il l'aurait fait lors d'une perquisition, avec fracas et sans égards. La marquise s'était prélassée tardivement et apparut ébouriffée, à moitié vêtue. Antoine d'Aubray la repoussa jusqu'au salon du bout de sa canne et l'obligea à s'asseoir, lui restant debout. Aux yeux exorbités de colère de sa sœur, il répondit d'une voix basse et douce :

– Je suis, madame, venu chercher vos enfants.

La marquise reprit contenance.

– Ce ne sont pas que mes enfants, ce sont aussi ceux de mon mari.

– Permettez-moi de n'en rien croire. Il est communément admis que c'est monsieur de Sainte-Croix qui vous a engrossée pour pallier la double impuissance de votre époux qui tient, en premier, à sa nature qui le pousse vers les hommes et, en second, à une blessure qui lui impose l'humilité. Voilà pour les faits, madame. Ces enfants ne sont pas éduqués comme leur rang l'exige, aussi je vous propose de les placer dans une institution pour les mettre à l'abri de la vie dépravée que l'on vous connaît.

– Je refuse, sortez d'ici…

– Vous refusez ? J'ai les moyens de vous convaincre. Il m'a été rapporté par monsieur Jean-Baptiste Briancourt, le précepteur de vos enfants jusqu'à récemment, que vous aviez pratiqué un avortement. Son témoignage devant une cour vous serait fatal et vous vaudrait un long emprisonnement, vous le savez ?

– J'ai toujours pensé, mon cher frère, que vous étiez un scélérat… Mais je n'en avais pas eu une preuve aussi tangible que celle que vous m'apportez aujourd'hui. Ces enfants, quel qu'en soit le père, sont mes enfants et vous ne me les enlèverez pas.

– Allons, soyez raisonnable, je fais cela pour leur bien.

– Et vous les tuerez à petit feu, n'est-ce pas, pour m'annoncer un jour que l'un est mort de la petite vérole puis, plus tard, que l'autre est morte d'un flux de poitrine ?

D'Aubray eut à cet instant la mine de celui qui ne daigne même pas cacher ses desseins ou se sent incapable de les dissimuler.

– C'est Dieu qui décidera, madame, ne me prêtez pas des intentions ni des pouvoirs que je n'ai pas.

La marquise aurait pu hurler à cet instant. Au lieu de cela, elle se mit à pleurer toutes les larmes de son corps sous le regard intrigué de D'Aubray qui, n'ayant pas eu de progéniture lui-même, ne parvenait pas à imaginer la peine que pouvait causer la privation d'une telle présence à cette mère, qu'il jugeait de toute façon indigne. Gobelin entra à ce moment-là. D'Aubray, refusant toute explication, se dirigea vers la porte.

– J'ai beaucoup à faire ce matin, ma sœur vous expliquera, j'emmène ses enfants pour leur éviter le spectacle de ce qui se passe ici depuis trop longtemps.

– Mais je les aime moi, ces enfants ! s'offusqua Gobelin.

– Pas au point de les avoir faits vous-même, ricana d'Aubray en sortant de la pièce la tête haute.

31.

Madame de Warnens et la marquise se tenaient sous une serre que la vicomtesse avait fait aménager chez elle par passion pour les végétaux et leur apparente langueur. Les deux femmes s'émerveillaient des développements de cette vie si différente de la leur.

– Je suis heureuse de vous voir bien remise de cette atrocité, dit madame de Warnens en prenant la main de son amie.

– C'est que je me suis fait une raison. Je sais que je ne vais pas tarder à les récupérer. Je n'ai su ni les aimer comme il faut ni les élever, mais au moins je les avais près de moi. N'ayant plus de précepteur…

– Qu'est-il devenu ?

– Mon père le payait pour nous espionner. Celui-ci mort, mon frère a rogné sur la dépense et je n'ai pas voulu le garder, sachant qu'il espionnait toujours. J'en ai eu la preuve puisque c'est lui qui a révélé mon dernier avortement. Là où sont les enfants, au moins, ils auront une éducation pour un temps.

– Mais ne craigniez-vous pas que votre frère ne les fasse disparaître ?

Madame de Warnens ne parvint pas à lire la réponse à sa question dans le regard de son amie qui continua à admirer les plantes en conservant sa main dans la sienne.

L'élimination du prélat s'était faite dans des conditions qui frisaient le miracle et l'enchantement. Le montant de l'héritage dépassait toutes les prévisions et personne n'avait eu un début de soupçon sur les conditions dans lesquelles l'ecclésiastique avait rendu l'âme. Pennautier était comblé, et comme il était superstitieux, il préféra ne pas remettre sa chance sur le tapis de jeu. Les autres cibles qu'il avait recensées lui paraissaient moins fructueuses et beaucoup plus exposées. Recommencer, c'était prendre trop de risques, et il s'en ouvrit à la vicomtesse qu'il poursuivait de nouveau de ses assiduités par des cadeaux toujours plus somptueux.

Cette fois, il avait décidé de lui offrir un relais de chasse à la campagne, campagne qu'il parcourait à cheval avec elle, botte à botte, pour lui montrer les limites de la propriété.

– Ce sont plus de mille cinq cents arpents de terre qui vont avec la maison. La moitié est en fermage et vous assurera un revenu confortable, le reste est pour la chasse. Vous aurez tout, du gibier d'eau aux grands cerfs, de quoi agrémenter de jolies parties avec les amis de votre choix, dont j'espère avoir l'honneur d'être. Ne pensez pas que le présent que je vous fais de cette propriété soit lié aucunement à l'héritage que j'ai reçu, j'avais décidé de vous offrir ce relais de chasse de toutes les façons. Mais je dois vous remercier pour avoir conseillé cette opération qui comble monsieur Colbert. Sans vous, je serais encore à chercher un moyen de satisfaire mon ministre. Toutefois, j'ai décidé de ne pas pousser plus loin, pour ne pas défier la providence. Il faut savoir s'arrêter à temps, et c'est ce que je fais là, devant vous, qui en êtes le témoin.

– Voilà une décision bien sage, mon ami. M'autoriserez-vous tout de même à vous demander une dernière faveur ?

– S'il ne s'agit pas de tuer une nouvelle personne, c'est bien volontiers.

– Oh non, loin de tout cela. Vous savez, le nouveau prévôt est réputé pour maltraiter ses gens et son valet vient de l'abandonner sans préavis. Je pense que si vous lui suggériez de reprendre le valet de son père, ce serait rendre service à La Chaussée, qui ne mérite pas de se retrouver sans maître maintenant que le prélat a passé. Pour le récompenser, je crois que Sainte-Croix vise pour lui une charge de gobelet du roi, ce qui serait un magnifique cadeau. Mais ce n'est pas pour tout de suite. Alors en attendant…

– Je m'en charge, je dois croiser le prévôt bientôt.

32.

Il dégoulinait de componction autant que d'hypocrisie. François d'Aubray se sentait poussé par le vent de son intelligence tactique qu'il pensait fort grande. Il était clair dans son esprit que son frère avait privé leur sœur de ses enfants pour les faire disparaître à tout jamais. Il anticipait que, faute de descendance pour leur nom, le nouveau prévôt allait l'inciter à répudier sa femme, dont il ne voulait se séparer pour rien au monde, et le contraindre à en épouser une plus féconde. Pour contrecarrer l'offensive de son aîné, il avait une idée qu'il trouvait excellente et qui devait lui faire gagner la partie. Au seuil de la pièce où le reçut sa sœur, il se sourit à lui-même.

La dernière visite d'un de ses frères remontait à plus de deux mois, et de voir le cadet surgir à son domicile avait mis une nouvelle fois la marquise sur ses gardes, toutes griffes dehors. Pourtant, François d'Aubray se présentait en porteur d'un message de conciliation, prétendant vouloir réintroduire l'harmonie dans la famille, laquelle, selon lui, comptait plus que tout au monde, puisqu'il n'en avait pas d'autre par lui-même.

La marquise se demandait quel angle il allait choisir pour la manipuler, car cet homme-là usait de la perversité comme le virtuose d'un clavecin. Il était un traître-né, qui ne faisait de bien qu'à sa femme par sa sexualité compulsive et alambiquée. La bonne société s'en tenait éloignée parce qu'il n'avait pas su faire de ses vices une source d'amusement. Plus encore, s'il ne manquait pas de chair, réfugiée dans les plis de sa peau, il manquait cruellement d'esprit. Il en concevait une haine pour ses contemporains dont il ne se montrait jamais avare. Lui et sa femme n'étaient jamais invités nulle part, mais François d'Aubray s'insinuait chez les autres, furetant, la vue basse, comme un prédateur malin dont personne n'est dupe. Il était affligé d'un tic qui lui faisait pencher la tête de côté avant de se mettre à parler, comme s'il essayait d'extraire par une oreille le peu de vérité qu'il pourrait délivrer par erreur, car il mentait beaucoup et avec aplomb.

– Avez-vous vu notre frère récemment, ma chère sœur ?

– Non, répondit la marquise, et je ne m'en porte que mieux.

– Je peux le comprendre puisque j'ai appris qu'il vous avait ravi vos enfants, mais j'ai la conviction que c'est pour leur bien. L'une comme l'autre méritent une éducation digne du rang qu'ils devront tenir dans la société. Vous-même n'en avez pas vraiment eu, si je me souviens bien de notre enfance. J'en parlais récemment avec ma femme et nous nous demandions si vous saviez seulement lire, écrire et compter.

Il ponctua cette pique d'un rire gras avant de poursuivre sur le même ton, d'une assassine neutralité :

– Je vous demandais cela parce que notre frère ne va pas bien. Il maigrit. Un mal le ronge et les meilleurs médecins de la faculté de Paris sont incapables de poser le moindre diagnostic sur ce siphon de l'intérieur. Je pense que la succession de notre famille lui fait grand souci. Là est peut-être la clé de son mal. Aussi je voudrais m'accorder avec vous, avant de lui proposer une solution qui pourrait l'apaiser, parce qu'au train où il va, madame, il ne passera pas la fête de Pâques. Et nous porterons la faute de ne pas avoir su soulager notre aîné de ce grand souci de la continuité de notre sang qui le précipite dans la tombe.

La marquise s'attendait à être consternée par ce qu'il allait lui proposer. Mais elle était quand même loin d'imaginer ce qui sortirait de cette bouche infectée.

– J'ai pensé que votre mari étant empêché, je pourrais peut-être le remplacer dans son devoir conjugal. Cela permettrait de garder la chose en famille. Comme vous le savez, mon épouse est inféconde et je ne m'en séparerais pour rien au monde, mais je vous fais la confidence d'avoir eu quelques écarts avec des femmes de mauvaise vie. Il s'est toujours trouvé un bâtard pour célébrer ces petites unions clandestines. Tous enlevés à chaque fois, je vous rassure.

Voyant le visage de la marquise se dilater à l'énoncé de cette proposition outrageante, il leva les mains ouvertes devant lui pour prévenir toute colère et poursuivit sur le même ton doucereux :

– Je sais, madame, vous allez parler d'inceste et de sa réprobation. Cependant, il n'y a d'inceste que pour ceux qui savent. Ensuite, il se dit que ce genre d'alliance peut créer des enfants débiles comme il en existe parfois entre cousins. Je dois vous rassurer aussi sur le sujet. Notre mère, que vous avez précipitée dans la mort par votre naissance, m'a probablement eu avant vous d'une liaison furtive avec un grand du royaume dont je cacherai l'identité par discrétion, bien qu'il n'y ait pas à rougir d'avoir apporté les qualités d'un prince de sang dans notre lignée. Il se peut donc que je sois votre demi-frère. Ce qui rend notre union moins risquée. À cette condition, je pourrais faire fléchir mon frère dans ses desseins qui sont, vous vous en doutez, de faire mourir à petit feu vos bâtards. Ils pourraient vivre, sans grand héritage, mais ils pourraient vivre. Pour finir, j'oserais vous rappeler… qu'entre nous… ce ne serait pas la première fois.

À ces mots, la marquise se saisit d'une théière en porcelaine qui se trouvait sur un petit guéridon et la lança à la tête de son frère qui l'esquiva au dernier moment. Il se leva en jouant la confusion :

– Je vois, madame, que vous n'êtes pas encore convaincue et qu'il nous faudra en reparler…

Il sortit précipitamment devant le personnel qui était accouru au bruit inhabituel, affichant le même sourire de satisfaction qu'en entrant.

33.

La journée était fort belle et Gobelin était parti se promener, escorté d'un valet, avant de se rendre chez un marchand de tableaux qu'il n'avait pas vu depuis que le couple s'était enfoncé dans les déboires financiers dont il n'était sorti que récemment. Le marquis se sentait bien d'humeur à acheter une œuvre de petit maître hollandais, et c'est ce qu'il fit, ayant trouvé peinture à son goût. Sur le chemin du retour, il eut l'idée d'une visite à Sainte-Croix. Il le voyait toujours régulièrement et discrètement.

Le capitaine, qui n'avait pas repris de valet depuis le départ de La Chaussée en mission, installa son ami dans un salon submergé de livres sur les plantes et leurs bienfaits. Il ouvrit une bouteille de vin.

– J'aime ce capharnaüm, déclara le marquis, je le trouve bien rafraîchissant. Vous voilà donc un véritable homme de sciences désormais. Quel chemin parcouru depuis votre emprisonnement à la Bastille… Mais il est vrai que vous avez des capacités pour apprendre que je n'ai jamais eues. Qui aurait pu penser que le soldat téméraire cachait un futur érudit ? Je vous envie d'avoir trouvé une marotte pour vous sortir de l'ennui de notre condition. En venant, je regardais tous ces gens s'agiter dans la rue pour gagner leur pain et je me suis surpris à les jalouser. Voyez-vous, même lorsque nous avons été au bord de la faillite, ma femme et moi, je n'ai jamais imaginé que nous puissions l'être vraiment, comme si ce genre de chose nous était interdit.

– Pourtant vous n'en étiez pas loin.

– Il a fallu tout votre talent et votre ingéniosité pour nous sortir de là.

– Et ce n'est pas terminé…

– J'en ai bien l'impression. Dites-moi…

– J'avais l'idée d'en finir avec le frère aîné puis avec son cadet. Mais c'est là mauvaise stratégie. Nous allons tuer le cadet d'un coup ; l'aîné, lui, va continuer de mourir à petit feu quelques mois. Il n'aura pas la force d'enquêter sur la mort de son frère et encore moins sur la sienne.

– Vous savez qu'il a enlevé nos enfants. Je crois qu'il est bien décidé à les faire périr d'une prétendue maladie l'un après l'autre.

– C'est un risque à prendre, mon cher, mais moi je ne peux pas courir celui de faire disparaître le prévôt trop vite. Vous devez comprendre qu'il ne m'est possible d'empoisonner son cadet qu'au domicile du prévôt, où se trouve La Chaussée. Quand ils seront morts tous les deux, j'en aurai fini avec cette activité d'accélérateur de succession qui nous aura bien remis à flot, vous et moi.

– Je vous en serai toujours reconnaissant, mon ami. Peut-être maintenant allez-vous travailler à guérir des malades pour vous racheter ?

Sainte-Croix éclata de rire parce que Gobelin avait dit cela sur ce ton moqueur qui convenait si bien à leur relation.

– Je ne ressens nul besoin de me racheter, surtout pas de morts comme celles-là.

Soudain, Gobelin se fit sérieux :

– Je vous aime tant, Sainte-Croix. Vous aurez été le seul grand amour de ma vie. Dommage que votre goût pour la gent féminine soit incorruptible. Tant que vous baisiez ma femme, il y avait comme un lien charnel entre nous.

– C'est elle qui en a décidé autrement.

– Je sais, elle est subitement passée aux femmes, comme si elle était prise d'une sorte de dégoût pour nous autres. Un besoin de douceur aussi, je crois, et d'être écoutée… Les femmes sont capables de s'écouter, savez-vous ?

– En effet, elle a emporté dans ses nouvelles aspirations une autre de mes conquêtes. Mais perdez deux femmes, il en vient dix après.

Ce jour-là, François d'Aubray s'était rendu chez son frère d'humeur fort guillerette. Il ne faisait plus de doute qu'il allait bientôt lui succéder dans sa charge, laquelle allait lui donner le pouvoir de forcer leur sœur à coucher avec lui – entre autres privilèges. Il trouva son aîné plus amaigri que la fois précédente, d'une pâleur sépulcrale qui faisait ressortir les os de son visage, dont la peau était plus près du vieux parchemin que du cuir de veau. Pourtant, derrière cette mine décrépite, Antoine d'Aubray tenait, on ne savait comment, mais il tenait. Il avait fondu de partout, mais son ventre s'était gonflé. Comme si une tumeur prospérait dans son intérieur, absorbant le peu de chair qui lui restait.

Le mal durait depuis assez longtemps pour que ses proches en aient conclu qu'il n'était pas contagieux, alors on revenait volontiers à sa table. À commencer par son frère, pour qui se profilait un nouvel héritage depuis la mort de leur père. Cette succession, François n'avait pas dans l'idée de la partager avec sa sœur, jugeant que la dot qui lui avait été octroyée n'en avait pas été soustraite. Il lui revenait de corriger cette faute que leur frère aîné n'avait pas relevée quand il en était encore temps.

Le prévôt, qui n'était donc plus que l'ombre de lui-même, se trouvait en bout de table, son frère à sa droite. Ce dernier s'était empressé de lui révéler à voix basse son idée de génie, engrosser leur sœur pour assurer une descendance convenable à leur famille. Il en avait profité pour lui suggérer de patienter avant d'éliminer les enfants de la marquise. Il valait mieux attendre qu'elle ait mis bas un nouvel héritier digne de ce nom. Un deuil de ses premiers enfants risquant de contrarier sa fertilité.

Antoine d'Aubray avait acquiescé d'un signe de tête mais n'avait pas eu la force de montrer son enthousiasme pour cette entreprise où le diable semblait prendre sa part. Le reste du repas se déroula parfaitement. On parla beaucoup pour ne rien dire, à tel point qu'à certains moments on se serait cru dans une basse-cour discrètement surveillée par un vieux malade. Puis vinrent les desserts. François d'Aubray se goinfra de mousse au chocolat. Il poussa le vice jusqu'à en redemander trois fois à La Chaussée, qui s'exécuta bien volontiers, pendant que le prévôt peinait à en faire entrer une cuillère dans sa bouche crispée. Aussi, quand François, ivre de vin de Champagne, se leva pour porter un toast à la santé de son frère, personne ne s'étonna qu'il s'effondrât, pris d'un malaise, sans doute une indigestion, dont il mourut dans la minute, le visage aussi empourpré que celui de son frère était blanc.

34.

L'apoplexie qui avait ravi François d'Aubray à sa vie médiocre ne fit question pour personne. Pas même pour monsieur de La Reynie, qui assistait au dîner, et qui fut trop heureux à l'idée que ce d'Aubray-là ne succéderait pas au précédent et que la succession du prévôt étant près de s'éteindre, il pourrait en profiter pour augmenter ses propres attributions. Ce n'est que lorsque Antoine d'Aubray en vint à mourir pour de bon qu'il fit procéder à une autopsie, moins par suspicion que par conscience professionnelle. Le corps du pauvre prévôt fut disséqué méticuleusement par les ignares les plus réputés de la faculté de médecine de Paris qui, d'une seule voix, conclurent à une mort sans cause évidente. Ils ne constatèrent qu'une accélération soudaine et imprévisible du vieillissement chez cet homme encore jeune, dont les organes semblaient curieusement épuisés.

La marquise prit chacun des deux enterrements comme une fête. Elle décida qu'elle ne porterait le deuil ni pour l'un ni pour l'autre, ce qui jeta sur elle la réprobation de la bonne société. Elle se plaisait à dire à qui voulait l'entendre que ses deux frères avaient bien assez vécu, et s'empressa de récupérer ses enfants. Son fils avait été placé dans une pension de l'Aveyron parmi d'autres bâtards de la noblesse éloignés de Paris. Sa fille commençait à pourrir dans un couvent de Normandie où apparemment elle avait subi des sévices répétés. Tous deux retrouvèrent Paris et leurs parents avec soulagement. Ces derniers leur apprirent que leur éducation serait désormais confiée à un précepteur de qualité que la nouvelle situation permettait de leur offrir.

La Chaussée fut, pour son plus grand bonheur, congédié par la veuve d'Antoine d'Aubray, qui choisit de quitter le monde pour s'enfermer dans un couvent de bénédictines. Sa belle-sœur, la veuve du cadet, après avoir pensé un moment qu'elle pourrait récupérer une partie de l'héritage de son mari, comprit que son attente était vaine. Elle décida de rejoindre la campagne où l'attendait une propriété de rapport que lui avait léguée son défunt père. Ainsi s'éteignit la branche masculine de la famille d'Aubray, avec le décès relativement consécutif du père et de ses deux fils – disparitions déclarées naturelles auxquelles La Reynie ne parvenait pourtant pas à se résoudre. Que la marquise de Brinvilliers fût la bénéficiaire de cette tragédie ne faisait rien pour calmer ses doutes. Mais le lieutenant général de la police était homme de loi, et plutôt intègre pour l'époque ; il se résolut à la chose telle qu'elle s'était passée.

Sainte-Croix, la série d'empoisonnements terminée, décida de tourner une page de sa vie. Il se prépara pour un long voyage dans les capitales européennes où il espérait de nouvelles aventures. Avant cela, il vit une dernière fois La Chaussée à son domicile. Le valet se préparait à rejoindre la cour pour prendre ses fonctions de gobelet du roi et il exultait, ne parvenant pas à cacher son contentement. La charge payée par Pennautier allait non seulement lui procurer une rente qui rendait dérisoires ses émoluments passés, mais elle lui donnerait aussi accès à un monde merveilleux, a priori inaccessible pour un homme de sa condition.

– As-tu conservé du poison par-devers toi ? lui demanda Sainte-Croix.

– Non, maître, j'ai tout utilisé.

Il lui tendit une petite tabatière ouvragée.

– Tiens, garde ça, on ne sait jamais, c'est la meilleure des armes, tu l'as constaté. Tu ne sais pas à qui tu auras affaire dans ta nouvelle vie.

La Chaussée prit le cadeau et le mit dans sa poche.

– Vous partez, mon maître ?

– Oui, je vais voyager. J'ai un moment pensé exploiter mes connaissances pour guérir les malades et vendre des remèdes très cher, mais faire le bien n'est pas dans ma nature, même si je crois que nous y avons concouru tous les deux, d'une certaine façon. Je vais démonter mon laboratoire pour le faire disparaître, afin qu'il n'y en ait plus la trace, on ne sait jamais. Quant à moi, je vais me dérober de ce monde étriqué où j'ai vécu trop longtemps. Je n'ai plus besoin de cette société rance pour m'entretenir, j'ai fait le tour de ses femmes, je suis un homme de conquête et pour cela, il me faut de nouveaux territoires.

– Voulez-vous que je vous aide ?

– Non, c'est assez dangereux, tu sais. Que tu te coupes et qu'une fiole vienne à couler sur ta blessure, c'en est fini de toi. Je vais le faire tranquillement. Rejoins Versailles où ils t'attendent pour t'apprendre ton nouveau métier, je suis certain que tu y excelleras.

C'est les larmes aux yeux que La Chaussée quitta celui qui avait changé sa vie en lui permettant de franchir le pont entre la fange du Paris obscur et les lumières éblouissantes de la cour. Les deux hommes ne se revirent jamais.

La Chaussée rejoignit Fontainebleau où il fut initié à sa nouvelle charge d'officier du gobelet, charge strictement définie qui impliquait de dresser le couvert du roi, d'assurer la fourniture du pain, du sel, du linge et du fruit, mais également de pourvoir à l'approvisionnement des boissons, eau, vins, liqueurs, café et rafraîchissements. Chaque geste étant minutieusement codifié, il fut longuement entraîné à les répéter, dans l'espoir d'atteindre l'excellence qui allait lui permettre d'apparaître enfin devant Sa Majesté. Dans cette cour où le moindre mouvement était étudié, la satisfaction du roi venait de la perfection de l'exécution. La formation devait durer plusieurs semaines, sanctionnée par une sorte d'examen de passage, un blanc-seing destiné à rendre sa charge effective. Un logement lui fut attribué, spacieux et confortable, et on lui fit confectionner plusieurs livrées qui allaient avec. La Chaussée resplendissait, s'épanouissant comme un nénuphar sur une eau saumâtre.

Mais le nuage dans lequel il évoluait n'allait pas tarder à se crever pour se répandre sur lui en averse.

35.

À Paris, monsieur de La Reynie fut alerté par un de ses hommes qu'une femme se plaignait de l'odeur pestilentielle qui se dégageait d'un appartement dans lequel plus personne n'était entré ou sorti depuis plusieurs jours. La question l'intéressa peu jusqu'à ce que lui fût révélée l'identité du locataire : un certain monsieur de Sainte-Croix. La Reynie se rendit sur les lieux avec ses hommes, constatant par lui-même l'odeur infecte qui gagnait les issues. Après avoir frappé à plusieurs reprises et constatant que personne ne répondait, il fit défoncer la porte avec un bélier et avança dans l'appartement où l'odeur ne faisait que se renforcer. Il lui fallut faire le tour de plusieurs pièces avant de découvrir un passage discret qui conduisait à un antre dont tout indiquait que c'était un laboratoire. Alambics, fioles, poudres de toutes sortes ne laissaient aucun doute sur la nature des activités qui y avaient été pratiquées. Avançant à la chandelle, le lieutenant général buta sur une masse importante qui recouvrait le sol : le corps d'un homme où la décomposition œuvrait salement.

On fit immédiatement transporter le cadavre à la morgue où il fut autopsié par un médecin spécialiste de l'empoisonnement et de ses stigmates sur les organes. La Reynie se demanda où avait bien pu passer l'âme de cet homme, qui gisait nu sur une pierre froide, terrassé dans la force de l'âge. Le médecin s'avança vers lui pour lui délivrer ses conclusions :

– Je dirais, monsieur, que le mort s'est empoisonné.

– Vous voulez dire suicidé ? demanda La Reynie intrigué au plus haut point car dans sa mémoire Sainte-Croix n'était pas homme à faire cadeau de sa vie à qui que ce soit, pas même à Dieu.

– Non. Je pense qu'il s'est empoisonné en inhalant une poudre qui a pu s'évaporer après qu'une fiole a été brisée par mégarde. On en trouve la trace à l'intérieur de ses poumons.

Il joignit le geste à la parole en soulevant un bout de poumon qui présentait une constellation de points blancs comme du talc disséminé.

– Vous êtes certain que c'est du poison ?

– Certain. J'ai mis une petite quantité récoltée sur le cadavre sur la langue d'un chat qui a passé dans la minute.

– Ce serait donc une mort accidentelle.

– L'empoisonnement d'un empoisonneur.

C'est alors que les décès du père et des frères d'Aubray lui revinrent en tête comme les séquences d'une même tragédie.

La Reynie mena discrètement des investigations sur le valet qui avait officié pour les trois et il lui fut révélé qu'il avait servi Sainte-Croix jusqu'à son incarcération à la Bastille. Il le fit alors rechercher et on l'informa que l'homme se trouvait à la cour où il se préparait à officier comme gobelet du roi, charge qu'il avait récemment acquise. Malgré l'imminente proximité de La Chaussée avec Sa Majesté, La Reynie, qui craignait par-dessus tout le scandale, fit d'abord enquêter sur les conditions dans lesquelles le valet avait pu acquérir une charge de cette importance et de ce prix. Ses limiers découvrirent que la charge avait été achetée au barbier du roi par Pierre-Louis de Pennautier, receveur général de province mais résidant à Paris. Il s'entretint de la chose avec son second qui venait de lui transmettre l'information.

– Pennautier est un haut personnage, un proche de monsieur Colbert, sans doute faudra-t-il procéder avec prudence.

L'un comme l'autre sentirent passer sur eux le froid des grandes affaires judiciaires qui impliquent le sommet de l'État, mais La Reynie n'en fut pas épouvanté. Il s'ouvrit de l'état de son enquête auprès du procureur du roi, qui lui recommanda de faire preuve de discernement dans ce qui était grave et ce qui ne l'était pas. Quand La Reynie lui demanda s'il l'autorisait à interroger Pennautier, il lui rappela lui aussi les liens étroits de ce dernier avec Colbert, même si l'un comme l'autre relevaient plutôt de l'autorité de Louvois, qui ne rechignerait pas à en savoir plus sur les dessous de cette histoire.

– Interrogez-le avec toute la politesse qui convient à son rang et à ses protections, sans jamais lui donner le sentiment que vous l'incriminez dans quoi que ce soit… Vous saurez faire, n'est-ce pas ?

La Reynie acquiesça. Il se retira avec le sentiment que la protection du procureur ne tiendrait qu'à la condition que l'enquête ne le mette pas en position délicate.

36.

Pour La Chaussée, le compte à rebours avait commencé. Avant trois jours, il officierait au service du roi, au déjeuner et au dîner, comme au souper, attentif à participer, à sa mesure, à la splendeur d'un règne exceptionnel. Car le roi ne se contentait pas de manger : il s'offrait en spectacle à la cour, asservie à le voir mettre en bouche, mastiquer, déglutir. De plus, Louis XIV mangeait comme quatre, ou dix, une vingtaine de plats successifs ne l'impressionnant en rien. La nourriture venait de partout en France, comme les huîtres acheminées chaque jour de Normandie.

La Chaussée ressentait le frémissement de la peur qui monte à l'approche des grands évènements. Il avait commencé à se défaire de sa livrée portée pour les répétitions quand on frappa discrètement à sa porte. Il se rajusta puis vint ouvrir à une femme toute vêtue de noir, le visage recouvert d'un voile de crêpe qui ne permettait pas de distinguer ses traits. Elle entra avant qu'il ne l'invite et parla aussitôt :

– Vous ne me connaissez pas et vous n'aurez jamais l'occasion de me connaître. Vous êtes ici par la volonté de Dieu qui a jusque-là inspiré votre main. Je sais que vous avez tué un prélat, son valet, deux prévôts et un homme sur le point de le devenir. Il faut désormais aller plus loin et débarrasser la France du tyran qui règne sur elle. Ne dites rien… Je vous préviens seulement que si vous ne vous exécutez pas, le lieutenant général de la police apprendra tout de vos forfaits et qu'il vous fera pendre. Alors convenons d'une chose : je vous laisse la semaine pour agir. Quand ce sera fait, vous mettrez une écharpe à votre fenêtre. Si, avant lundi de la semaine prochaine, elle n'y est pas, je vous dénoncerai.

Sans attendre la moindre réponse, la femme sortit et disparut, laissant La Chaussée totalement désemparé, tel un bâtisseur qui voit s'effondrer autour de lui l'œuvre de sa vie. Cette apparition diabolique le privait de son rêve. S'il avait déjà tué et accompli maints forfaits, c'était pour le réaliser et non pour l'anéantir en supprimant celui dont il voulait servir la gloire. Il n'envisagea même pas les souffrances qui étaient réservées à un régicide, comme d'être écartelé par quatre chevaux placés à chaque point cardinal et d'assister impuissant, dans des douleurs indescriptibles, à la dislocation de son corps bien avant que son esprit ne s'éteigne. Le dilemme que cette femme avait fait naître en lui était de taille, d'un poids insupportable pour un homme de sa condition que, par ce chantage odieux, on voulait précipiter dans la grande Histoire. Il regrettait que la femme soit partie si vite, avant qu'il n'ait pu lui dire que son choix était fait : celui d'épargner la vie de son souverain au péril de la sienne – une vie perdue dans tous les cas. Puis il eut un soudain regain d'espoir quand il s'imagina que cette femme devrait y penser à deux fois avant de le dénoncer pour une telle machination qui ne manquerait pas d'éclabousser des personnes bien plus importantes que lui. Il retrouva un peu de courage en se convainquant que cette silhouette noire n'avait été qu'une apparition, comme on en voyait dans les campagnes près des mares sombres où les sorcières venaient s'abreuver et dispenser leur fiel. En se couchant, il décida pour lui-même que personne ne pourrait le priver d'un bonheur pour lequel il avait tant sacrifié.

Sa décision prise, il s'y tint fermement.

Puis dans la nuit, à la faveur de l'insomnie, il eut une hésitation. Pour la réprimer, il se leva, s'empara du poison que lui avait laissé Sainte-Croix et le dispersa par la fenêtre avant de détruire la petite tabatière qui le contenait, à la suite de quoi il finit par s'endormir. Mais au matin, il découvrit sur la table de son entrée que la mystérieuse femme avait laissé une tabatière semblable, remplie de poudre blanche.

Il se remit alors à douter. Après tout, le roi mort, il en viendrait un autre.

37.

Pennautier était reparti de la cour après avoir été gratifié d'un bref entretien avec Colbert. Le ministre l'avait félicité pour son apport d'argent au trésor royal, en lui promettant que Sa Majesté saurait s'en souvenir sous une forme ou une autre, car le roi avait longue mémoire pour tous ceux qui contribuaient à sa grandeur. Aucun receveur général de province n'était parvenu à hisser sa contribution au niveau de celle de Pennautier, et cela sans augmenter les impôts. Colbert lui avait par ailleurs confirmé l'imminence de la guerre. Rarement une journée s'était ouverte sous de si bons auspices et Pennautier se préparait à faire sa déclaration en bonne et due forme à madame de Warnens car ce jour correspondait peu ou prou à la fin de son deuil.

Il aimait ce sentiment d'être comblé, que tout lui réussissait. Une seule contrariété faisait ombre au tableau. La longue attente que lui avait imposée la vicomtesse l'avait contraint à user à l'occasion de femmes vénales, et l'une d'elles lui avait visiblement laissé un minuscule animal de compagnie, pour ne pas parler de maladie vénérienne, qui lui provoquait d'horribles démangeaisons dont il ne parvenait pas à se défaire. À ce détail près, il n'avait aucune raison de se plaindre, et il s'apprêtait à passer à table pour livrer sa déclaration, quand un valet lui annonça la visite du lieutenant général de la police qui souhaitait le voir sans tarder.

Pennautier le reçut avec désinvolture, en le toisant devant madame de Warnens, pour bien montrer qu'il n'avait rien à cacher à personne.

– Que me vaut l'honneur de votre visite ? lui demanda-t-il en lui faisant placer une chaise non pas à leur table mais plus loin, légèrement en retrait de son épaule, de façon à ne pas le voir en parlant.

La Reynie prit soin de ne pas s'en offusquer.

– Loin de moi l'idée de vous importuner, monsieur, mais j'ai quelques questions urgentes à vous poser, qui concernent la sécurité de l'État et de Sa Majesté.

– Grands dieux ! Faites, je reviens de la cour et personne ne m'a informé de quoi que ce soit…

– C'est qu'un homme est sur le point de prendre son service auprès du roi comme gobelet, et nous avons été informés que vous avez été le bienfaiteur qui lui a permis d'acquérir sa charge. Il nous plairait de savoir en échange de quoi ?

Pennautier ricana :

– Par pure libéralité, en échange d'un service qu'il m'a rendu. J'avais la responsabilité d'un vieux prélat qui venait de perdre son valet, et La Chaussée m'a fait la gentillesse de s'en occuper avec beaucoup de dévouement jusqu'à ce que le vieil homme rende son âme à Dieu.

– Si vous me permettez, monsieur, c'est justement ce qui m'intrigue. La Chaussée a officié dans trois maisons différentes après avoir été le valet d'un escroc notoire, monsieur de Sainte-Croix, et dans chacune de ces maisons, le maître qui l'embauchait est mort. Tout cela ne serait pas si suspect si nous n'avions découvert le corps de son ancien maître occis dans son logement d'un poison qu'il manipulait. À cette occasion, il nous a été loisible de constater que monsieur de Sainte-Croix disposait d'un laboratoire où il fabriquait lui-même ces poisons. C'est apparemment en essayant de tout faire disparaître qu'une mauvaise manœuvre l'a conduit à faire l'expérience fatale de ses propres poudres.

Il s'ensuivit un long silence pendant lequel Pennautier comme madame de Warnens digérèrent la nouvelle, mais La Reynie, sentant qu'il avait l'avantage, reprit de plus belle :

– Il semble que Sainte-Croix ait été un temps votre débiteur mais peu importe, vous comprendrez que le procureur du roi comme votre serviteur soient troublés par ces coïncidences.

Pennautier se rehaussa sur son siège :

– Si vous imaginez que j'ai placé auprès du roi quelqu'un pour l'empoisonner, c'est une mauvaise farce que vous me jouez là. Il vous faut comprendre que tout ce que j'ai entrepris, je l'ai fait justement pour le roi, avec l'assentiment d'un puissant ministre, et qu'il y a plus d'ennuis que de satisfactions à attendre pour vous si vous voulez soulever le drap qui protège du regard des curieux une opération de haute politique. Je préfère vous le dire tout de suite. Sachez également que je n'ai rien à voir avec la mort du prévôt ni avec celle de ses fils.

– Ce qui veut dire que pour le prélat... ?

Pennautier regarda fixement La Reynie.

– Pour le prélat, il vous faudra obtenir la réponse de l'entourage du roi, je suis tenu par un secret qui a trait à la défense de nos frontières et, au nom de l'intérêt supérieur de la nation, il m'est impossible de prendre part à une enquête aussi triviale. Dites-le au procureur si vous ne voulez pas que je le lui fasse dire.

Puis il avança son siège de la table :

– Maintenant j'ai grand-faim, les abysses que vous avez entrouverts m'ont creusé l'appétit.

La Reynie quitta la pièce, fort circonspect sur la suite à donner à cet entretien.

L'urgence l'obligea à revoir le procureur dans l'après-midi. Au rapport qui lui fut fait, ce dernier prit une mine fort embarrassée. Il réfléchit longuement, le menton dans sa main.

– Pennautier est par nature quelqu'un de suffisant, mais il vous est apparu bien assuré, signe qu'il se sent soutenu en haut lieu. Il a l'appui de Colbert. Mais nous devons prévenir Louvois, au moins pour nous couvrir. En attendant, c'est un empoisonneur patenté qui va prendre son service auprès du roi. Vous avez bien assez sur lui avec l'empoisonnement du prévôt et de ses deux fils pour le faire arrêter discrètement et le ramener ici, où nous le ferons parler.

– Il est évident qu'il a agi au sein d'un trio qui comprenait lui, Sainte-Croix et la marquise de Brinvilliers, qui profite des crimes en récoltant une fortune considérable.

– Que savez-vous sur cette femme ? Car elle est noble tout de même…

– Elle était la maîtresse de Sainte-Croix et il n'est pas nécessaire d'avoir de l'appétit pour les complots pour s'imaginer qu'elle en est l'instigatrice. Je suis convaincu que c'est elle qui a tout manigancé, et Sainte-Croix, qui vivait à ses crochets depuis longtemps, au point de provoquer la colère du prévôt, n'a fait que la suivre. Mais l'homme est assez cupide pour que, s'inventant une compétence, il l'ait mise au service de Pennautier qui s'en est servi pour remplir les caisses du royaume.

– Et les siennes au passage. Si j'entends bien ce que vous me dites, nous pouvons très bien arrêter La Chaussée sans faire grand cas de la disparition du prélat, n'est-ce pas ?

– Nous le pouvons.

– Très bien. Alors commençons par lui. Nous allons bien sûr importuner le service du roi en procédant à l'arrestation du gobelet mais nous n'avons pas le choix, Sa Majesté nous punirait si nous laissions un empoisonneur présumé l'approcher. Faites vite !

38.

Madame de Warnens avait trépigné pendant tout le repas. Pathétique face-à-face avec cet homme qu'elle n'épouserait jamais et qui, après la courte interruption provoquée par le lieutenant général de la police, avait repris de plus belle ses compliments, échafaudant au passage toutes sortes de projets pour la combler. Elle était restée de marbre, n'ayant en tête qu'une seule idée, fuir. Elle-même ne risquait rien, sa discrétion la protégeait des lumières du lieutenant général de la police, mais elle était trop fine pour ne pas comprendre que l'enquête allait rapidement se rabattre sur la femme qu'elle aimait.

Après avoir prétexté des vapeurs, elle avait écourté son dîner avec Pennautier pour se précipiter chez elle, où elle avait brièvement empaqueté le nécessaire pour un long voyage. La malle d'un carrosse chargée, elle se rendit à l'hôtel Gobelin alors que la nuit se répandait sur Paris, où l'on commençait à allumer les lanternes. Leonor de Warnens eut le pressentiment qu'elle ne reverrait plus jamais cette ville. Elle tremblait que le valet n'ait pas cédé à son chantage ou qu'il ait été embastillé avant d'avoir pu empoisonner le roi. Ou que la marquise de Brinvilliers fût arrêtée par La Reynie avant qu'elle n'ait pu la rejoindre car la vicomtesse n'était pas dupe : Sainte-Croix mort, il fallait un bouc émissaire à toute cette affaire et Pennautier ne le serait jamais.

Elle monta quatre à quatre les marches de l'hôtel et y pénétra alors qu'il était envahi d'une torpeur inquiétante. Le laquais qui la reçut semblait endormi, comme l'était Gobelin devant un plateau d'échecs où il avait certainement entrepris de jouer seul. Madame de Warnens évita de le réveiller et se fit conduire à la chambre de madame de Brinvilliers dans laquelle elle se rua sans prendre le temps de se faire annoncer. La marquise s'était endormie tout habillée. Elle ouvrit les yeux, ébahie :

– Vous ? Ici ? Comme pour me cueillir dans un rêve à l'orée du sommeil.

Madame de Warnens, craignant de l'inquiéter, lui susurra doucement à l'oreille :

– Vous souvenez-vous de notre projet de partir à l'étranger juste vous et moi ?

– Oh oui, je m'en souviens.

– Eh bien, c'est maintenant. Maintenant, sans attendre. Faites-moi la grâce de me suivre sans me poser de questions car le temps presse.

Forte de toute la confiance qu'elle faisait à son amante, la marquise s'exécuta. Elle accepta de quitter sa maison sans rien d'autre que la robe qu'elle portait. Madame de Warnens ne pouvait pas savoir que La Reynie et le procureur n'avaient pas fait de l'arrestation de madame de Brinvilliers leur priorité, préférant se saisir d'abord de La Chaussée pour en extraire tout ce qui pouvait l'être. La marquise ne pouvait en effet être questionnée sans un certain degré de certitude sur ses responsabilités. S'agissant d'une dame noble, fille et sœur d'un prévôt, on ne pouvait la traiter comme un prévenu ordinaire.

Elle ne fit ses adieux à personne. Elle partit comme si elle avait été happée par une force supérieure, celle de son amour pour sa bien-aimée, qui, soudainement, passa au-dessus de toutes ses habitudes, tous ses engagements à l'égard de son mari comme de ses enfants. Elle ne posa aucune question et se laissa porter par l'enchantement que lui proposait une nouvelle vie auprès de la seule personne qu'elle eût jamais aimée d'amour. Elle fut parcourue d'un sentiment de légèreté qu'elle n'avait pas connu depuis sa petite enfance, une légèreté à laquelle avait succédé la désillusion des années d'adolescence qu'elle avait connue bien plus tôt que les filles de son âge. Madame de Warnens semblait autrement soucieuse, se retournant sans cesse pour voir dans la vitre arrière du carrosse si personne ne les suivait.

39.

La Chaussée contemplait dans un miroir en pied la perfection de sa mise pour sa dernière répétition avant d'apparaître devant le roi. Il exultait intérieurement de vivre là son apogée. Il aurait voulu que tous ceux qui l'avaient connu jusqu'ici assistent à son premier déjeuner royal pour mesurer la grâce qui était la sienne dans sa nouvelle fonction. Il sentait son cœur battre pour lui rappeler l'importance de l'évènement. Alors qu'il avait fini de s'inspecter et qu'il allait sortir pour rejoindre sa brigade au service du roi, on gratta à sa porte avec la plus grande discrétion. Quand il ouvrit, il reconnut immédiatement le lieutenant général de la police et son visage qui faisait tant d'efforts pour ne rien exprimer, spectateur impassible du monde. La Reynie pénétra dans le petit appartement en soupente alors que deux de ses hommes restaient à l'extérieur. Il engagea la conversation sur un ton presque badin :

– Nous nous connaissons, n'est-ce pas ?

Comme La Chaussée restait bouche bée, il prit la liberté de poursuivre :

– Je me souviens de vous au service de feu le prévôt et de son fils disparu. Vous ne m'en voudrez pas de ne pas avoir fréquenté un autre de vos maîtres, monsieur de Sainte-Croix, ni le prélat chez qui vous avez rapidement officié.

Disant cela, il tournait dans la petite pièce, attentif au moindre objet. Une petite tabatière posée sur la table l'intrigua.

– Tous ces hommes n'ont en commun qu'une seule chose : le poison qui les a tués.

La Chaussée, comprenant que l'heure était grave, resta immobile, presque tétanisé, n'osant croiser le regard de son interlocuteur.

– Pourquoi les avez-vous assassinés ?

– Je n'ai assassiné personne, monsieur.

– Passe encore pour les disparus, mais il me semble que vous vous apprêtiez à tuer le roi de la même manière, je me trompe ?

– Vous vous trompez, monsieur.

– J'ai suivi un principe dans ma carrière, qui a toujours été d'obtenir par le dialogue ce que je ne voulais pas entendre sous la contrainte. Nous sommes là, vous et moi. Je ne vous éviterai certainement pas la mort. Mais je peux vous éviter le pire : l'écartèlement. Nul n'en est revenu pour en décrire le détail, mais on s'imagine la sensation de chaque membre tiré dans des directions différentes par des chevaux de trait capables de bouger un navire. Le pire dans tout cela, c'est qu'on n'en meure pas tout de suite, démembrement ne vaut pas mort subite. Mais, et j'imagine que c'est pour cela qu'on réserve ce sort aux régicides, aucune douleur ne lui est comparable. Je ne vous veux pas tueur de roi, même si je sais que c'était votre intention.

La Chaussée se défendit vivement :

– Pas du tout !

– Alors expliquez-moi la nature du contenu de cette tabatière ?

– De la poudre pour ma perruque.

– Je suis soulagé. Faites-moi donc la grâce de la goûter devant moi.

La Chaussée s'y refusa net.

– Dois-je la faire tester à un de mes hommes ici présents ?

– Non, monsieur.

– Bien. Tout est donc clair entre nous. Qui vous l'a donnée ?

– Une femme est venue ici l'autre soir et a posé cette tabatière sur cette table, dans mon dos, en me demandant d'administrer la poudre qu'elle contenait au roi. Je ne lui ai laissé aucun espoir, car je sais que devenir gobelet de Sa Majesté est ma consécration.

– Mais si elle s'est adressée à toi, c'est qu'elle te prête quelque expertise en la matière, sinon pourquoi ? Qui est-elle ?

– Je n'en sais rien, elle était vêtue de noir et portait un crêpe noir sur le visage.

– Tu n'as pas reconnu ta complice ?

– Quelle complice ?

– Madame de Brinvilliers.

– Madame de Brinvilliers n'est pas ma complice et ce n'était pas sa voix.

– Nul besoin d'un grand talent pour changer sa voix, même moi j'y parviendrais. Bien. Il faut parfois savoir conclure. Nous pouvons nous accorder sur le fait que tu ne voulais pas empoisonner Sa Majesté. Je préfère couper la branche du complot parce qu'il est rare que l'on en maîtrise les ramifications. Si quelqu'un parle de conspiration à Sa Majesté sans que nous puissions trouver qui est derrière, j'y vois plus d'inconvénients que d'avantages, raison pour laquelle je te formule ma proposition : nous nous en tenons aux trois meurtres du prévôt et de ses fils dont nous ne faisons de toi que l'exécuteur zélé. Nous oublions le roi et, cadeau en prime, nous oublions également le prélat… et son valet évidemment. Pour les défunts d'Aubray, je ne vois pas d'autre justification possible que le motif d'argent dont la seule bénéficiaire est de facto la marquise. Elle aura reçu l'aide de Sainte-Croix qui aura fourni le poison. Adhérerais-tu à ce tableau que tu m'en verrais fort aise car voilà une composition qui, tout en collant à la réalité, t'éviterait bien des douleurs, dont je t'ai déjà détaillé le menu. Une simple pendaison viendrait conclure ton hasardeuse existence. Sommes-nous d'accord ?

– Je n'ai tué personne, monsieur.

– C'est bien mon tort d'attendre d'un valet plus de jugeote que d'un paon de cour, mais j'aurai essayé. Ôte cet uniforme pour des vêtements civils, ce sera le premier signe de ta déchéance.

La Chaussée se mit à pleurer, tel un enfant à qui on a repris son jouet peu après le lui avoir offert, pour lui apprendre la cruauté du monde. Puis il fut discrètement escorté jusqu'à une calèche au fond de laquelle il fut poussé et on lui recouvrit la tête d'une cagoule pour qu'il puisse bien goûter le fait de passer des lumières de la cour aux ténèbres de sa condition de meurtrier.

40.

Deux femmes seules avec un vieux cocher perclus de rhumatismes pour escorte sont une aubaine pour beaucoup d'hommes qui cherchent l'aventure, en plus de les dépouiller de leurs biens. Madame de Warnens en avait conscience, davantage que la marquise, habituée à être malmenée par une gent dont elle connaissait toutes les turpitudes. Tant qu'elles roulaient sur les routes les plus fréquentées, les deux amies ne risquaient pas grand-chose, mais il fallait bien s'arrêter pour dormir et peu de gîtes pouvaient leur assurer la sécurité souhaitée.

Pour leur première étape, elles prirent une unique chambre où, moyennant un supplément conséquent, elles se firent servir, afin de ne pas s'offrir aux regards, aux avances et aux quolibets des hommes attablés à manger et à boire plus que de raison, en attendant l'opportunité d'une passe rapide. Que madame de Warnens et madame de Brinvilliers soient de la haute société ne les protégeait pas, bien au contraire, elles excitaient les convoitises. Leur souper achevé, elles étaient sur le point de se coucher avec l'idée de partir au petit jour lorsque l'on frappa doucement à la porte, comme l'aurait fait une dame. Quand la marquise de Brinvilliers ouvrit, quelle ne fut pas sa surprise de voir sur le seuil un homme de forte taille. Si l'époque était aux effets de langage, il n'en eut aucun pour leur proposer de coucher avec lui, pour un prix qu'il estimait honnête.

– Il n'en est pas question, monsieur, dit la marquise, vous vous êtes trompé de chambre. Si nous faisions commerce de notre corps, votre fortune n'y suffirait pas.

Madame de Warnens ne disait rien, fascinée par le sang-froid de son amie. L'homme continuait de progresser vers l'avant, mû par un désir irrépressible que les circonstances devaient combler.

– Si vous criez, personne ne viendra, ôtez-vous cette peine et exécutez-vous bien sagement.

Il continua à avancer, sûr de son fait et de son droit à abuser de ces femmes qui n'avaient rien à faire là d'autre que de plaire à la clientèle. À cet instant, elles comprirent que l'endroit devait être réputé pour satisfaire les voyageurs solitaires et que la faute de tout cela revenait à leur cocher, qui était sûrement payé pour y amener des dames.

Alors que l'impudent posait la main sur l'épaule de la Brinvilliers pour se saisir d'elle et la jeter sur le lit, il eut une drôle de grimace qui traduisit un inconfort certain.

Une lame de couteau venait de traverser son pourpoint pour lui taquiner le foie. Il n'en revint pas, essaya de se raccrocher à la table du souper puis s'effondra tel un gros animal, sans autre bruit que celui de son corps tombant sur le plancher en chêne. La marquise avait laissé le couteau dans la plaie. Sans montrer la moindre émotion, elle se servit le reste de vin de la carafe posée sur la table et le but d'un trait. Puis elle se tourna vers madame de Warnens, effarée :

– Ne faites pas cette tête-là, ma bonne amie, certains hommes ne valent pas plus qu'un goret. Même moins, parce que le goret, une fois saigné, nous laisse les meilleurs jambons alors que là, regardez-moi cela…

Elle poussa l'homme du bout de sa chaussure. Il était bien mort. Du sang coulait à la commissure des lèvres pour former une tache sur le sol, qui grossissait lentement. Puis elle ajouta :

– Le cocher s'est bien joué de nous, vous l'avez à la location, n'est-ce pas ? Il va en falloir un autre ou prendre la poste.

Madame de Warnens rappelait ses esprits :

– La poste, n'y comptez plus, on va nous rechercher partout, tant que nous n'aurons pas passé la frontière.

– Il faut prendre de l'avance. Nous allons l'installer dans le lit comme s'il dormait et partir à la première heure. Gardons le cocher actuel, le temps d'en trouver un autre sur la route et nous le congédierons sans façon.

Les deux femmes durent user de toutes leurs forces pour soulever l'homme. Elles s'y reprirent à plusieurs fois pour le hisser sur le lit où elles l'allongèrent sur le ventre. Puis elles s'assirent chacune sur une chaise en essayant de trouver le sommeil jusqu'à l'aube. Madame de Warnens, capable de comploter pour tuer le roi, n'en revenait pas d'être mêlée d'aussi près à un meurtre de droit commun.

– Mais comment avez-vous fait ?

La marquise répondit avec naturel :

– J'ai vu dans ses yeux qu'il venait pour nous violer. Ma seule inquiétude était que le couteau qui nous a servi pour le souper n'était pas très pointu, j'ai craint qu'il ne pénètre pas sa chair.

Elle fut saisie d'un fou rire dont elle essaya de contenir le bruit. Quand elle put enfin reprendre son souffle :

– Pardon, mon amie, mais en imaginant la graisse du poulet de ce soir entrant dans son foie, j'ai trouvé l'image comique. Il nous aurait violées, je vous assure, et peut-être battues avant ou après, en nous laissant pour mortes. Rien ne protège les femmes de ces hommes-là, ni notre force ni nos titres, les circonstances suffisent et elles ont été réunies par surprise. À quoi tient l'existence ? Un cocher qui charge deux aristocrates, qui comprend qu'elles sont en fuite et donc vulnérables, et voilà la bonne affaire. Il faut le changer dès ce matin, sinon il nous conduira encore dans je ne sais quel bouge jusqu'à nous avoir vendues pour un bon prix. Laissons-le là. Sommes-nous seulement certaines d'être sur le bon chemin ?

La chance, éternelle girouette, tourna. Au petit matin, elles croisèrent un gentilhomme qui, pris par la nuit, avait dû faire halte dans cet établissement, et qui, comme elles, était pressé d'en partir. Le jeune homme voyageait seul. Il leur proposa de se joindre à lui, ce que les deux femmes acceptèrent sans hésiter. Après avoir enfermé le cocher dans un box à chevaux où il dormait à même la paille, ils prirent la route aux premières lueurs du jour.

Le reste du voyage se passa sans encombre. L'homme rejoignait les Flandres pour affaires, il était d'obédience protestante et n'eut pas de difficulté à se lier avec madame de Warnens que, en d'autres circonstances, il aurait certainement cherché à séduire ; mais il sentit très vite que ses partenaires de voyage formaient une citadelle, alors il renonça avec l'élégance des gens de qualité.

Le passage de la frontière fut un immense soulagement pour les deux femmes, qui durent se séparer de leur nouvel ami car il s'arrêtait là. Deux jours plus tard, elles avaient atteint cette région des Flandres, plate comme une main, mais verte et fleurie, où la vicomtesse de Warnens possédait une belle demeure adossée à une forêt profonde.

41.

– Je ne vous comprends pas.

Le procureur avait repris le vouvoiement qui lui semblait correspondre aux circonstances.

– Je ne comprends pas que vous n'avouiez pas alors que vous êtes confronté à une concordance de faits irréfutables, qui prouvent que vous avez empoisonné trois personnes. Le lieutenant général et moi-même avons décidé de vous faire grâce des deux autres, vu l'âge du prélat et l'absence de preuves. Vous échappez, grâce à notre bonne volonté, à l'accusation selon laquelle vous étiez décidé à tuer le roi, et pour nous remercier de notre bienveillance, vous continuez à nier avoir empoisonné le prévôt et ses deux fils !

– Je n'ai tué personne et je n'en ai jamais eu l'intention.

Le procureur se tourna vers La Reynie :

– Il arrive que le manque d'intelligence se transforme en entêtement. Alors parler ne suffit plus.

Puis s'adressant de nouveau à La Chaussée :

– Vous allez souffrir, énormément. Au lieu de cela, vous pourriez être traité avec les égards dus à celui qui reconnaît ses fautes et être pendu avec sollicitude de notre part. Savez-vous que la pendaison judiciaire peut se faire assez haut pour que votre cou se brise d'un seul coup et que vous ne souffriez d'aucune douleur ? Nous pourrions vous recommander à votre bourreau si vous collaborez. D'autant que, comme monsieur de La Reynie a dû vous le dire, nous n'imaginons pas que vous soyez l'instigateur de ces crimes. Vous ne pouvez pas avoir agi seul. Et pour tout vous dire, la main qui a exécuté ces meurtres nous occupe moins que le cerveau qui les a commandés. Il va de soi que Sainte-Croix et madame de Brinvilliers avaient intérêt à la mort du prévôt et de ses fils. Sainte-Croix, pour se venger de l'humiliation de son incarcération et parce que, vivant largement aux crochets de la marquise, il tirerait profit de la voir hériter de la considérable fortune des D'Aubray. La marquise, parce que ces crimes l'ont non seulement sauvée de la faillite mais qu'ils ont fait d'elle une riche héritière. L'avez-vous fréquentée ?

– Non, jamais.

– Pourtant, nous avons derrière cette porte le jeune précepteur des enfants de madame de Brinvilliers qui prétend que, lorsque Sainte-Croix a été embastillé, vous vous êtes réfugié chez elle, le temps de trouver un nouvel emploi, lequel, ô hasard troublant, a été fourni par le prévôt ! Le prévôt ne devait pas savoir que vous étiez lié à la marquise et encore moins à Sainte-Croix. Qui vous a recommandé auprès de lui ?

– Je n'en sais rien, monsieur.

– Décidément, vous ne savez rien sur rien. N'imaginez pas que votre silence sauvera la marquise. Pour nous comme pour le roi, informé par monsieur de Louvois, il ne fait aucun doute qu'elle est l'instigatrice de tous ces crimes. D'ailleurs nous allons la faire arrêter dès maintenant, pendant que vous serez soumis à la question ordinaire. Puis nous vous confronterons. Je suis persuadé que quand nous vous aurons bien pressés, l'un et l'autre, un jus de vérité en sortira.

La Reynie s'était préparé à arrêter la Brinvilliers chez elle le plus simplement du monde. Mais, à sa stupeur, elle avait fui. Il en fut contrarié dans un premier temps, mais dans un second, il vit là un aveu de culpabilité dont il fit part à Gobelin, qui ressemblait à un oiseau tombé de son nid sur la tête.

– Vous croyez ? Pour bien la connaître, elle en est incapable. Vous imaginez la décision que cela représente de tuer son père et ses deux frères ? Certes, elle ne les aimait pas, mais de là à vouloir leur mort ! Ma femme a bien des défauts dus à une profonde inconséquence, mais elle ne pourrait pas manigancer de tels assassinats. Non, je crois que Sainte-Croix a pensé qu'en les tuant tous, il assurerait la fortune qui nous permettrait de persister dans notre générosité à son égard, voilà tout. Que

La Chaussée en fut l'exécuteur, cela ne fait certainement pas de doute, mais ma femme n'y est pour rien, et l'accuser est la chose la plus grave que vous puissiez faire.

– Pourtant elle a fui.

– Elle n'a pas fui. Elle est partie en voyage, un voyage dont elle rêvait depuis longtemps. Sachant à quel point je suis casanier, elle l'a entrepris seule, et j'en suis bien heureux pour elle.

– Sans vous prévenir ?

– Elle n'avait pas à le faire. Je lui ai toujours laissé une grande latitude dans ses choix. Non, profitant de sa nouvelle prospérité, elle s'est sans doute offert un périple en Europe.

– Où comptait-elle aller ?

– D'aussi loin que je me souvienne, elle était très curieuse de l'Angleterre. Mais aussi de l'Italie.

– Ce n'est pas tout à fait la même direction.

– Je vous le concède. Elle finira par revenir. Elle n'a rien dit de son départ pour s'éviter l'émotion des adieux, mais elle nous porte, à nos enfants comme à moi, une affection qui ne pourra la retenir loin de nous indéfiniment. D'ici là, je suis sûr que vous aurez fait la preuve de sa complète innocence.

La Reynie était debout devant la bibliothèque, ornement dont ni Gobelin ni la marquise ne profitaient pour lire. Le marquis regardait dehors en tournant le dos à son hôte. Son expression était celle d'un homme dubitatif.

– Malheureusement, monsieur, rien ne peut disculper votre épouse à nos yeux. Ni aux yeux du roi qui a exprimé sa volonté de voir les deux protagonistes punis dans les plus brefs délais. Même un miracle ne pourrait sauver votre femme, et si elle a fui, c'est qu'elle en est convaincue.

Gobelin qui tenait une tasse entre les mains la laissa tomber bruyamment et dit, les larmes aux yeux :

– Vous n'allez pas lui faire de mal tout de même ?…

La Reynie soupira :

– Je crains bien que si. Vous savez le sort qui est réservé aux femmes de qualité quand elles sont reconnues coupables de meurtre ?

– On les enferme au couvent ?

– Oh non, cher monsieur, la pendaison étant réservée aux gens sans titre, on distingue une nouvelle fois les nobles en leur décollant la tête.

– Décapitée ?

Gobelin en avait les jambes qui flageolaient.

– Décapitée au couteau par le bourreau. Il faut vous y préparer.

– Mais ma femme a des enfants…

– Si notre descendance pouvait nous protéger des conséquences de nos actes, nous le saurions. Non, monsieur, elle a bel et bien fui, et je vais devoir lui mener la chasse sans relâche. Il y va de mon avenir dans ma fonction. Pour qu'elle soit traitée au mieux quand on la retrouvera, j'aurai besoin de votre aide, qui commence par la question suivante. Avez-vous eu connaissance dans votre entourage de quelqu'un qui aurait émis l'idée de s'en prendre à la vie du roi ?

– Du roi ? Oh, mon Dieu, mais que me dites-vous là ? Mais jamais ma femme…

– Elle n'en est pas accusée, mais Sa Majesté n'aime pas l'idée que le poison ait pu s'approcher de sa personne… Si vous aviez la moindre piste là-dessus, je vous en serais reconnaissant. Bien, finit-il par dire en se retournant, ne vous avisez pas de la cacher, cela ferait de vous son complice. Sa Majesté a demandé de vous épargner nos soupçons, eu égard au nom qui est le vôtre. Mais il ne pourra en être ainsi que si vous nous assurez d'une parfaite neutralité. Que je n'apprenne pas qu'elle s'est dissimulée dans quelque demeure en faisant croire à un voyage.

– Sur ce point, je vous jure qu'elle a parlé d'un voyage en Europe à la dernière domestique qui l'a vue, alors qu'elle sortait d'ici avec une autre femme.

À ces mots, La Reynie réagit comme s'il avait été piqué.

– Une autre femme ? Mais qui donc ?

– Je n'en sais rien, et sa description ne m'a pas été d'un grand secours pour l'identifier.

– Vous ne connaissez pas les amies de votre femme ?

– Non, comme elle ne connaît pas tous mes amis.

– Allons, je saurai la retrouver, nous avons des espions dans toute l'Europe, dans chaque poste, dans chaque ville, et il ne sera pas difficile de la localiser. Quant à Paris, nous allons faire savoir qu'elle est recherchée pour plusieurs meurtres. Il est certain que si elle se montre, elle sera dénoncée.

42.

Jamais la jeune femme n'avait éprouvé un tel sentiment de bien-être et de plénitude, comme si toutes les douleurs du passé qui lui pesaient depuis plusieurs décennies s'étaient soudainement évaporées. Il est rare qu'un voyage, si lointain soit-il, libère de soi-même, et pourtant, la marquise de Brinvilliers se sentit dégagée de ses chaînes, prête pour une nouvelle existence, laissant derrière elle le fardeau de l'ancienne.

Madame de Warnens avait hérité, de son vieux mari, cette grande maison dans les Flandres. Tout au long de son existence, il en avait tiré l'essentiel des revenus qui permettaient à un homme de raison de vivre confortablement, sans ostentation. Madame de Warnens visait le but de maintenir cet équilibre, et de couler des jours heureux avec sa compagne dans cette nature si apaisante, après les mois passés dans les embarras de Paris et son monde factice. Ne plus subir la pression insistante de Pennautier, qui avait fait d'elle le dernier trophée convoité, l'allégeait considérablement.

Il est rare toutefois qu'un nuage ne finisse pas par poindre dans un ciel clair, et celui qui se formait en coulisse était celui de la guerre et de la probable invasion des Flandres. Sans doute fallait-il s'éloigner encore plus de cette France qui cherchait à posséder par la conquête ce qu'elle était impuissante à produire. Les deux femmes risquaient de ne pas connaître la tranquillité, mais elles n'avaient pas d'autre lieu où résider, d'autant que la guerre allait rapidement couper leurs sources de revenus si les gens réunis autour d'elles pour travailler sur le domaine se faisaient massacrer. La vicomtesse s'en voulait d'avoir échoué à convaincre La Chaussée d'empoisonner le roi. Cela aurait ouvert une longue période d'incertitude et de querelles intestines dont les Français étaient coutumiers, autant que les autres peuples d'Europe.

Mais pour l'instant, aucune des misères imaginables ne s'annonçait, comme si ce havre de paix devait le rester éternellement. Les deux femmes se livraient à de grandes escapades à cheval entre prés et forêts et le reste du temps, elles jouaient ensemble comme deux enfants inséparables. La marquise s'était mise à lire, aidée par son amie, cherchant dans sa bibliothèque d'encore plus vastes horizons. Madame de Warnens lui épargnait les nouvelles qui rendaient la guerre et l'invasion imminentes, pour la laisser profiter le plus longtemps possible de cette insouciance qui lui allait si bien au teint comme au moral.

43.

La question ordinaire n'avait rien donné. La Reynie, dont la finesse d'analyse n'était pas le dernier trait de caractère, s'était fait une idée de l'attitude de La Chaussée, que le procureur, lui, ne parvenait pas bien à comprendre.

– Il ne peut nous avouer des crimes qu'il ne peut s'avouer à lui-même, là est toute l'affaire, monsieur.

Le procureur resta longtemps dubitatif à cet énoncé.

– Vous voulez dire qu'il s'est persuadé lui-même de ne pas les avoir commis ?

– C'est cela. L'image qu'il veut garder de lui est celle du valet méritant qu'on a remercié avec une charge de gobelet du roi, l'aboutissement d'une vie commencée dans la misère. Il s'est élevé jusque-là dans son esprit et rien ne pourra l'en faire redescendre. Il sait maintenant qu'il n'a aucune chance d'échapper à la mort, et l'empreinte qu'il veut laisser est celle d'un gobelet du roi victime d'une effroyable erreur judiciaire, que le temps se chargera de corriger.

– Alors passons à la géhenne extraordinaire bien que personnellement j'y répugne. Il nous faut des aveux, sinon le roi ne nous le pardonnera pas. Selon monsieur de Louvois, il est déjà très courroucé que les poisons aient pu s'approcher aussi près de lui, il veut tourner la page et anéantir les coupables désignés. Où en êtes-vous avec la Brinvilliers ?

– J'ai la preuve qu'elle a bel et bien fui. On a trouvé sa trace dans une auberge mal fréquentée en direction des frontières du Nord. Elle y aurait commis un meurtre en poignardant un homme qui l'aurait prise pour une fille facile, preuve que notre femme n'hésite pas à tuer. Elle lui a perforé le foie et l'a allongé dans un lit en le recouvrant de draps et de couvertures pour faire croire qu'il dormait, espérant ainsi prendre de l'avance sur la police.

– Êtes-vous certain que c'est elle ?

– Certain. La description qui en a été faite correspond en tout point. J'ai lancé mes limiers pour suivre la route qu'elle a empruntée.

– Et nous ne savons rien de cette femme qui l'accompagne ? Est-elle la même personne que celle qui a invité La Chaussée à empoisonner le roi ?

– Je vous rappelle, monsieur le procureur, que le roi refuse qu'il se sache qu'on ait même seulement envisagé d'empoisonner son auguste personne.

– Oui, mais cela ne suffit pas à calmer ma curiosité. Puisque monsieur La Chaussée ne veut pas coopérer de bonne grâce, nous allons demander à son corps de lui rappeler qu'il est un meurtrier.

La question extraordinaire était réglementée pour que les tortionnaires ne prennent pas un plaisir exagéré à la torture. Mais il fallait tout de même choisir entre les différents procédés proposés, tous éprouvés depuis la nuit des temps.

La discussion eut lieu en présence du bourreau. Le chevalet avait l'avantage d'être, s'il causait d'atroces souffrances, un moyen d'une grande simplicité. Il suffisait d'allonger le supplicié sur une table prévue pour l'étirer sur des cylindres qui lui déchiraient le dos avant qu'il ne soit disloqué par la pression du mécanisme, jusqu'à ce que parfois mort s'ensuive. En cela, ce qu'on appelait l'écartement dépassait l'objectif qui lui avait été assigné.

Les brodequins faisaient appel à une technique encore plus simple et ne nécessitaient pas d'instrument particulier, seulement des planches et des coins qui s'enfonçaient pour écraser les jambes du prévenu, attaché sur une chaise ordinaire.

Il existait bien d'autres formes de tortures inventées puis adoucies au Moyen Âge avant qu'elles ne reprennent une vigueur étonnante au XVIe siècle, depuis lequel rien n'avait vraiment évolué – le besoin d'arracher une confession ou de faire expier une faute étant resté stable dans ces temps de raffinement qu'on traversait. Comme il était rare de mourir rapidement des suites de l'utilisation des brodequins, dont la douleur était toutefois intolérable, le procureur, le policier et le bourreau se prononcèrent pour cette technique qui ne permettrait plus au prévenu de jamais marcher et encore moins de courir.

Le magistrat et La Reynie n'assistèrent pas à la géhenne, ils restèrent dans la pièce à côté, de façon à tout entendre et à ne rien manquer des aveux du supplicié.

Mais ils en furent pour leurs frais. La Chaussée ne parla, ni ne cria, ni même ne gémit. Le bourreau en fut lui-même surpris, aussi proposa-t-il à ces messieurs l'utilisation de la poire qui, une fois dans le fondement du prévenu, permettait par un astucieux mécanisme de vis de l'écarter jusqu'à ce que ledit fondement éclate, formule selon lui moins spectaculaire mais tout aussi efficace que l'empalement.

Le tuer avant son procès ou le rendre inapte à apparaître devant une cour de justice dépassait pour les deux hommes toute autre forme d'inconvénient. Ils décidèrent donc de le présenter devant la cour, qui le condamna non sur ses aveux mais sur la base de la vérité qui se dégageait des faits.

La Chaussée accueillit sa sentence avec soulagement. Incapable de marcher, il fut conduit à la potence assis sur une chaise dont il ne cessa de tomber. C'est toujours assis sur cette chaise qu'il se vit passer la corde au cou, sous le déchaînement des quolibets d'une foule qui exorcisait ses peurs, refusant de voir la part d'elle-même qu'on allait tuer. La Chaussée n'eut de mot pour personne. Mais il pensa certainement que Dieu avait été trop loin dans ses libéralités en le conduisant jusqu'à la charge de gobelet et qu'Il s'était probablement rétracté, le jugeant indigne d'une telle ascension dans une société qui ne laissait pas de place aux gens comme lui.

44.

Parce que le soleil prodiguait ce jour-là sur les Flandres une lumière qui tapissait les prés et les bois, les deux femmes étaient parties à cheval, emportant avec elles le nécessaire pour une collation en plein air. Elles s'étaient ensuite longuement ébattues sur une couverture posée sur l'herbe, se libérant de leurs vêtements dans un endroit qu'elles pensaient caché, loin du regard de la domesticité qui n'avait pas beaucoup d'illusions sur la nature de la relation des deux femmes. On en parlait à voix basse mais, très vite, le pragmatisme l'avait emporté sur la morale. La vicomtesse était beaucoup trop jeune pour rester sans attaches, et ils avaient craint qu'elle ne se remarie avec un homme qui aurait imposé sa loi sur les lieux, ou qui l'aurait emmenée loin, laissant le domaine délaissé ou promis à la vente. Au lieu de cela, cette femme un peu fantasque qu'était la marquise était arrivée, n'imposant rien, ne faisant jamais aucune remarque. Pour eux, elle semblait vivre dans un monde parallèle où seule comptait l'affection, probablement l'amour, qu'elle portait à la vicomtesse.

Les femmes de leur entourage toléraient l'étroitesse de leur lien car ces choses entre deux personnes du même sexe étaient assez courantes. Les hommes, de leur côté, trop heureux de ne pas avoir de maître masculin, auraient eu mauvaise grâce à se plaindre. Ainsi s'était installée cette vie acceptée de tous, où la dispense de jugement des uns sur les autres, si elle enlevait une source de distraction, rendait l'existence plus douce.

Après s'être aimées, les deux femmes avaient dîné en buvant plus que de raison, puis s'étaient endormies au soleil – luxe impensable en ce temps où la beauté était associée à la blancheur du teint et où on laissait aux classes laborieuses la marque des atteintes de l'astre. Ce n'est que bien plus tard dans l'après-midi qu'elles furent réveillées par le ronflement d'un cheval qui frappa le sol plusieurs fois. Ce n'était pas l'une de leurs montures mais celle d'un homme affublé d'un grand chapeau, le visage allongé par deux rides verticales, la barbe longue et la moustache retroussée, les yeux vides et fatigués d'un être qui en a trop vu. Les deux femmes eurent une réaction de peur qu'il apaisa aussitôt, en langue flamande :

– N'ayez crainte, je ne suis qu'un vieux soldat qui revient du combat. Qu'il a perdu, ajouta-t-il en soupirant et en s'appuyant sur le garrot de son cheval, un destrier puissant. Les Français nous ont défaits, et si j'ai pris la liberté de vous réveiller de vos songes, c'est pour vous prévenir de cette dure réalité. Les Français seront là bientôt. Si vous ne les voyez pas, ils vous encercleront d'une manière ou d'une autre. Il n'y a rien à faire que de rester sur vos gardes. Cette troupe ne compte pas seulement des hommes de qualité. On y trouve bien plus de pillards et de violeurs que d'hommes du monde.

Comme les deux femmes semblaient tétanisées, les yeux grands ouverts, il ajouta :

– Il faut bien que ces bougres se payent puisque leurs supérieurs en sont incapables. Dieu vous garde, mesdames.

Il manœuvra les rênes de son puissant cheval d'une main pour le placer en direction du chemin et il partit au pas en laissant derrière lui un silence que même la nature, tellement enjouée jusqu'ici, respecta.

45.

Le roi ne pouvait se contenter de la pendaison de La Chaussée, et s'il avait plus important à penser que ces meurtriers, on jasait assez autour de la Brinvilliers, en ville comme dans les salons, pour qu'il juge désormais urgent de mettre fin à la vie de cette aventurière. On en parlait déjà comme de la criminelle du siècle, parricide, doublement fratricide, probablement meurtrière d'un pauvre homme dans une auberge et, pour couronner le tout, en fuite, narguant l'autorité d'une police que le roi voulait la meilleure d'Europe.

Alors La Reynie partit à l'arrière des armées qui avançaient irrésistiblement. Celles-ci n'avaient pas l'intention de tracer leur route en direction du logis des deux femmes mais de viser des places bien plus importantes ; la demeure de madame de Warnens fut épargnée. La Reynie avait ses espions, nourris de commérages qui constituaient l'essentiel de ses renseignements. Mais surtout, il disposait à présent de précieuses informations sur cette femme qui l'intriguait, à qui l'on prêtait d'avoir comploté pour tuer le roi, et dont le nom avait été lâché par Pennautier, dépité de son départ précipité où elle n'avait pris le temps ni de s'expliquer, ni celui de lui faire ses adieux. La Reynie ne fut pas long à comprendre qu'elle pouvait avoir travaillé pour les Pays-Bas, mais il n'en avait pas la preuve. Comme il était de l'ancienne école qui n'agissait qu'en bonne et due forme, il avertit les autorités des Pays-Bas qu'il entendait arrêter une Française sur leur sol, ce à quoi l'autorité réagit en demandant de participer à cette arrestation. Aussi le lieutenant général se présenta-t-il chez la Warnens accompagné d'une discrète escorte, et d'un Hollandais qui était là pour s'assurer qu'il arrêterait la Brinvilliers seule.

À la demande de celui-ci, La Reynie laissa l'émissaire hollandais entrer le premier pour un entretien préalable avec la vicomtesse. Il n'était pas loin de midi et la Brinvilliers dormait encore profondément, d'un sommeil paisible. Madame de Warnens fit entrer le gentilhomme dans un petit salon pendant que le lieutenant général et ses hommes patientaient dehors. Devant la découverte du détachement et de ses intentions, elle avait cru défaillir, comme si le ciel lui était tombé sur la tête. Le sang semblait avoir quitté son visage pour n'y jamais revenir. Quelques mois de bonheur ne pouvaient pas avoir pour prix un si grand malheur. Elle s'en remit brièvement à Dieu. L'émissaire hollandais assis en face d'elle voulut commencer par la bonne nouvelle pour la soulager.

– Ils savent tout de vous. Un certain Pennautier a beaucoup parlé en échange de sa tranquillité. Ils n'ont pas la preuve que vous vouliez tuer le roi mais ils vous soupçonnent. Je les ai convaincus que si, certes, il vous est arrivé d'être notre informatrice, si vous avez eu en tête de faire empoisonner le roi, cela ne relevait que de votre propre initiative pour des raisons probablement religieuses. Par bonheur pour vous, le lieutenant général de la police ici présent ne s'intéresse pas à vous. Je crois que le roi ne veut pas qu'il soit dit que toute cette histoire de poisons est remontée si près de lui. En revanche, il souhaite que la marquise soit jugée pour le meurtre de son père et de ses frères.

– Mais elle n'y est pour rien.

– Il lui appartiendra d'en faire la preuve devant la cour de justice. Il vous faut donc la laisser aller. Vous comprendrez que nous ne souhaitions pas que la police française, maintenant que nous sommes envahis, procède à des investigations plus poussées sur l'idée, certes extravagante, que les Hollandais auraient voulu tuer le roi de France. Il en résulterait une répression terrible que nous préférons éviter.

Il se leva :

– Je sais ce qu'il pourrait vous en coûter de devoir faire vos adieux à cette femme, aussi ai-je pris l'initiative de vous consigner ici, en attendant que la police procède. Nous lui dirons, et elle le comprendra très bien.

Il vint à la fenêtre et fit un signe à La Reynie.

La maison fut un moment plongée dans le silence puis l'on entendit des cris qui s'éloignèrent, couverts peu à peu par celui des sabots des chevaux, avant de s'éteindre totalement. L'émissaire hollandais s'éclipsa discrètement à son tour, laissant madame de Warnens dans un état de désolation, l'âme fendue par le milieu, irréconciliable avec elle-même.

46.

Le lieutenant général de la police avait évité de parler à la marquise directement tout au long du voyage qui la ramenait à Paris. Après avoir hurlé lors de son arrestation, elle s'était enfoncée dans un profond mutisme. Elle refusa de répondre à quoi que ce soit lors de son premier interrogatoire en présence du procureur et de La Reynie. Elle regarda ailleurs, sourit à l'occasion mais ne lâcha pas un mot aux questions des deux hommes.

Ils n'eurent alors d'autre solution que de lui faire subir la géhenne. Torturer une femme, sauf à tomber bien bas, ne pouvait se faire selon les règles appliquées aux hommes. Il fut décidé de procéder par les eaux, une méthode qui sauvait les apparences. Elle consistait à gonfler d'eau la prévenue tout en lui bouchant les orifices qui pourraient lui servir à s'en défaire. Le bourreau dut lui faire boire jusqu'à quinze litres, au risque de lui faire éclater l'estomac, pour qu'elle accepte enfin de parler. On lui laissa le temps d'évacuer tout ce liquide avant de reprendre l'interrogatoire.

– Je vais avouer, lâcha-t-elle, épuisée de douleur.

Pour la première fois depuis longtemps, on put lire du soulagement sur le visage du procureur qui se tourna vers La Reynie pour le partager.

– J'avoue. J'avoue avoir mené une vie dissolue et offert mon corps aux hommes qui le désiraient. J'avoue avoir pratiqué à maintes reprises la sodomie et quand celle-ci n'a pas suffi à m'éviter l'engrossement, j'avoue avoir pratiqué plus d'une dizaine d'avortements.

Cela dit, elle respira profondément avant de reprendre :

– J'avoue aussi avoir tué.

Les deux hommes qui lui faisaient face exprimèrent de nouveau leur soulagement en levant les yeux.

– J'avoue avoir tué un homme qui était sur le point de me violer et de violer mon amie. Pour le reste, je n'ai rien à avouer, je n'ai ni de près ni de loin conspiré à la mort de mon père ni à celle de mes deux frères, bien que j'aie pris, je l'avoue, de bonne grâce la fortune qui me revenait en héritage.

La déception pour le magistrat et son instructeur fut à la mesure de l'espoir qu'ils avaient entretenu un court instant. La Brinvilliers fut aussitôt renvoyée à la question au terme de laquelle elle faillit mourir sans avoir rien dit. Au procès, elle ne déclara rien d'autre que ce que l'on savait déjà et fut condamnée à avoir la tête décollée comme le prévoyait sa qualité de femme noble.

À l'énoncé du verdict, Gobelin se mit à pleurer comme un enfant. Il demanda à être reçu par le procureur qui lui fit cette faveur due à son nom. La Reynie était présent de même que le juge qui avait prononcé la sentence de mort.

Gobelin avait les yeux rouges de celui qui avait pleuré toute la nuit. Il prit la parole timidement :

– Je ne me suis pas manifesté, messieurs, parce que je n'aurais jamais pu imaginer que l'innocence de la marquise ne finirait pas par s'imposer. Et j'apprends qu'on va la décapiter. C'est une innocente que vous allez meurtrir.

Le juge considéra le marquis avec un soupçon de dédain.

– Si vous aviez des éléments en faveur de son innocence, il fallait nous les porter bien avant, monsieur, pourquoi ne l'avez-vous pas fait ?

– Parce que j'ai cru que votre bonne foi vous conduirait à la délier de tous ces crimes.

– Si ce n'est pas elle, qui est-ce selon vous ? demanda La Reynie.

– Sainte-Croix et moi. Voyant l'état de nos finances, nous n'avons pas hésité, d'autant qu'aucune de ces victimes ne nous paraissait particulièrement aimable.

Les trois hommes se regardèrent, abasourdis.

– Vous vous dénoncez donc…

– Je le fais.

La Reynie prit l'air de celui qui n'était pas dupe.

– Vous vous dénoncez pour sauver votre femme, sachant que Sainte-Croix mort, vous ne pourrez pas corroborer vos dires par les siens. Et puis, vous vous dites que même si la justice venait à reconnaître votre prétendue culpabilité, la marquise serait sauvée et le roi, eu égard à votre nom et aux états de service de votre famille pour le royaume, vous éviterait la peine de mort. N'est-ce pas ?

– Non, je suis prêt à échanger ma vie contre celle de la marquise parce que, voyez-vous, je l'aime profondément, et ce serait justice qu'elle soit innocentée.

C'est alors que le juge prononça la sentence une seconde fois :

– Nous ne pouvons plus rien pour elle, monsieur, je rejette votre requête.

La marquise resta peu de temps à l'isolement. On ne lui permit de revoir ni son mari ni ses enfants. On plaça un aumônier près d'elle dans l'espoir qu'elle se livre à la confession. Les deux magistrats et le policier l'espéraient pour le repos de leur conscience.

Alors qu'on lui enfilait une chemise blanche qui ne prenait pas trop sur le cou pour éviter qu'elle ne gêne le décollement de la tête, elle glissa quelques mots à l'oreille du confesseur :

– C'est moi qui les ai tués, ou du moins, c'est moi qui ai inspiré leur empoisonnement. Enfant, j'ai dû servir mes deux frères pour qu'ils se dépucèlent en moi.

Ensuite j'ai servi à leurs jeux sexuels jusqu'à leur mariage. Quand j'en ai parlé à mon père, il n'a rien voulu en savoir, comme si pareille chose ne pouvait exister. Alors ils ont continué. Ce sont eux qui m'ont empoisonnée, monsieur.

Elle fut ensuite portée sur une charrette au vu et au su de tous, vilipendée par une foule qui venait assister à l'exécution de la plus grande meurtrière de son temps, prouvant au peuple que la justice frappait aussi les nobles, maigre consolation à la rudesse de leur condition. Le bourreau aiguisa une dernière fois son couteau, demanda à la marquise de le pardonner pour ce qu'il projetait de faire, ce qu'elle fit de bonne grâce. Il visa la vertèbre la plus conciliante et détacha sa conscience d'un corps sans vie.

Puis l'attention de la foule fut détournée par l'évanouissement d'une femme qui, jusqu'au dernier moment, avait sans succès essayé d'attirer l'attention de la suppliciée.

Madame de Warnens ne reprit ses esprits que lorsque la place fut vidée.

Elle ne se remit jamais de son chagrin.

Un peu plus tard, Pennautier, qui gardait le souvenir de sa beauté, caressa le projet de se réconcilier avec elle. Mais frappée de la petite vérole peu après l'arrestation de la femme qu'elle avait aimée, madame de Warnens avait désormais le visage grêlé par les cicatrices de cette maladie qui avait failli l'emporter. Quand il la revit, Pennautier en fut troublé, et jugeant qu'il n'avait ainsi plus de raisons d'entretenir de liens avec elle, il mit fin brutalement à leur relation, pour épouser une jeune héritière au teint moins accidenté.

Quelques années plus tard, Louis XIV révoqua l'édit de Nantes, ce qui provoqua le départ de France de deux cent mille réformés, malgré l'interdiction faite aux protestants d'émigrer, et vida ainsi le royaume de ses sujets les plus industrieux.

Alors qu'elle essayait de traverser la frontière vers la Suisse, où elle prévoyait de se consacrer à sa seule foi, madame de Warnens fut arrêtée par les dragons du roi. Comme elle refusait d'abjurer, l'un d'eux la transperça de son épée. Considérant que la mort ne suffisait pas, ces hommes de basse besogne martyrisèrent son cadavre qui fut ensuite jeté dans une fosse commune dont personne ne voulut jamais se souvenir de l'emplacement.

DU MÊME AUTEUR

LA CHAMBRE DES OFFICIERS, J.C. Lattès, 1998.

CAMPAGNE ANGLAISE, J.C. Lattès, 2000.

HEUREUX COMME DIEU EN FRANCE, Gallimard, 2002.

LA MALÉDICTION D'EDGAR, Gallimard, 2005.

UNE EXÉCUTION ORDINAIRE, Gallimard, 2007.

EN BAS, LES NUAGES (recueil de nouvelles), Flammarion, 2008.

L'INSOMNIE DES ÉTOILES, Gallimard, 2010.

AVENUE DES GÉANTS, Gallimard, 2012.

L'EMPRISE, Gallimard, 2014.

QUINQUENNAT, Gallimard, 2015.

ULTIME PARTIE, Gallimard, 2016.

L'HOMME NU (avec Christophe Labbé), Robert Laffont et Plon, 2016.

ILS VONT TUER ROBERT KENNEDY, Gallimard, 2017.

INTÉRIEUR JOUR, Robert Laffont, 2018.

TRANSPARENCE, Gallimard, 2019.

LA VOLONTÉ, Gallimard, 2021.

CONTER LES MOUTONS, J.C. Lattès, 2022.

L'HOMME SANS CONTACT (avec Christophe Labbé), L'Observatoire, 2022.

PAYSAGES TROMPEURS, Gallimard, 2022.

TSUNAMI, Albin Michel, 2023.

L'ORGIE CAPITALISTE, Allary Éditions, 2024.

L'AVION, POUTINE, L'AMÉRIQUE… ET MOI, Albin Michel, 2024.

Composition : IGS-CP
Impression : Imprimerie Floch, septembre 2025
Éditions Albin Michel
22, rue Huyghens, 75014 Paris
www.albin-michel.fr

ISBN : 978-2-226-49368-2
N° d'édition 25900/01 – N° d'impression : 107570
Dépôt légal : octobre 2025
Imprimé en France